那追咬过狐狸的狼狗
还有乡人和我儿时的记忆

——《故乡》

你是否也保持着一颗初心
不减当年
笑对人间冷暖
走在岁月的边上
无怨无悔

——《记忆的味道·初心》

梦是风吹起的尘土
落下就是一地荒芜
如果你回来了
谁将是你的归宿

——《记忆的味道·梦》

我是大海里的一朵浪花
太阳和月亮的光
让我时不时波光粼粼
我不会，根本不会
纠结那路的窄车的多
我坐在车里
心里装着的是
那山那水那人那世界

——《我坐在车里》

我的心 有山有水有诗

山中人/著

北京日报出版社

图书在版编目（C I P）数据

我的心 有山有水有诗 / 山中人著 . -- 北京 : 北京日报出版社 , 2020.6
ISBN 978-7-5477-3634-0

Ⅰ . ①我… Ⅱ . ①山… Ⅲ . ①诗集 – 中国 – 当代
Ⅳ . ① I227

中国版本图书馆 CIP 数据核字 (2020) 第 067024 号

我的心 有山有水有诗

出版发行： 北京日报出版社
地　　址： 北京市东城区东单三条 8-16 号东方广场东配楼四层
邮　　编： 100005
电　　话： 发行部：（010）65255876
总编室：（010）65252135
印　　刷： 北京欣睿虹彩印刷有限公司
经　　销： 各地新华书店
版　　次： 2020 年 6 月第 1 版
2020 年 6 月第 1 次印刷
开　　本： 787 毫米 ×1092 毫米　1/32
印　　张： 9
字　　数： 170 千字
定　　价： 48.00 元

序

生命诗意的哲理追寻

文/高洪波

在读者面前的，是诗人山中人的新诗集《我的心 有山有水有诗》，作品都是短章，蕴藏着的，却是对于生命、人生、生活的大思考。

海德格尔希望，人在大地上诗意地栖居。西哲多重个体之生命意识，中国，却首重家国情怀，“天行健，君子以自强不息；地势坤，君子以厚德载物”，而君子，乃为任重道远之事的弘毅者。作为从事过多个岗位的实际工作者，山中人对于生命、生活、人生的思考，同样首先立于家国大道。

诗集的第一部分题为“我的泪淌着热血”，时代的命题、当下的使命、历史的沉思、崇高的精神，都成了诗歌吟咏的主题。诗人感叹“祖国啊！祖国！/我无法用笔写出/你的美丽和伟大/我无法用情抒发/你的温暖和神圣”（《祖国啊，祖国》），无法表达，不是不知道如何表达，而是无论用什么语言，都难以表达对祖国最深最真的情感。用作专辑标题的诗作《我的泪淌着热血》，直接对一段时间以来的香港暴乱发声，用诗的语言提问“我怎么也想不明白/东方之珠/你的每一滴泪珠/仿佛诉说着你的尊严/回头望望/沧海茫茫/暴徒来自何方？”痛心疾首“东方之珠/那耀眼的明珠/夜色深深/灯火闪亮/你的风采/却让暴徒践踏”。“为事而作”，面对现实及时发言，一直是中国文学，特别是中国诗歌最宝贵的品格之一。如果没有《石壕吏》，我们就不能知道在安史之乱时期，一个小村子里发生的故事。这个诗人偶遇的夜半抓兵，虽然悲苦，却同时证明了虽然大动乱，唐朝的社会治理体制却依然完备规范。两个最基层的差役夜半捉人，只是捉走了老妇人，没有进屋搜查，老妇人敢于说出家里有年轻的儿媳，不用担心被差役侮辱，投宿的诗人也没有受到惊扰。而到了白居易的《卖炭翁》就两样了。皇宫里的差役，居然当街与最底层的小民争利，强买一车木炭，不成体统若此！两相对比，可以管窥为何唐政府最终能改变被动局面，战胜安史叛军，也可知道中唐之后唐朝为何中央政府权威大失。诗歌记录的是生活细节，所映照的，却是治国安邦的大事件。习近平总书记要求文艺工作者记录新时代、书写新时代、讴歌新时代，这本诗集无疑自觉履行了此方面的责任。

在生活中发现哲理，在诗意中融汇哲理，在哲理中升华诗意、阐释生活，是五四以来中国新诗的一个重要传统。典型的如冰心的诗《繁星》《春水》，以及艾青的诗作，都体现了诗与哲理相互渗透的特色。《我的心 有山有水有诗》中的相当部分作品，同样如此。诗人善于从生活中常见的一事一物、一点一滴，甚至人的一举一动中，发现诗意和哲理。如“生活如诗”部分，就将诗意的思考对准了日常生活中无处不在、时时用之的水杯、笔、镜子、帽子、胶水等。有理论认为，“陌生化”是文学性的重要来源，但在诗人笔下，这些再熟悉不过，似乎也没什么诗意的东西，却孕育出这样的诗句“你的命运真苦/总是被开水烫身/你的苦命真有价值/滋养着各种人的生命”（《水杯》）；“你的使命/就是为了表达/你敢于把——/真假、善恶、美丑/尽情抒发/那是因为——/你胸中有自信的笔墨”（《笔》）。最奇的，是给胶水写诗，不知道浩如烟海的古今中外诗集中，是否曾经有过此一题材，我总归第一次看到。“你的外表/太过于黏糊/你的精神/却总在团结牵手/你的智慧/在于懂得团队力量/你的价值/全然在于创造黏结”（《胶水》），以胶水比兴团队合作和团结精神以及相互联系，奇而有味。我们常说，生活是文学取之不尽、用之不竭的唯一源泉，文学从生活中取材，有一个关键因素，就是作者要善于发现生活的美、生活的诗，我以为，山中人做到了。

中国作协老主席巴金先生一生提倡讲真话，而讲真话，首先要把自己摆进去，讲自己的真心话，所以巴金的作品有一个非常明显的特点，就是“我”字用得特别多，读来特别亲切，真如一位世纪老人在你面前把心交给你。这本诗集“我愿抖落人世的尘埃”中的17首诗，题目都是“我”字开头，所表达的，皆是“我愿”，直抒胸臆，将自己真诚的愿望昭示读者。如《我是一根小小的木柴》，反复吟咏，一唱三叹，重要的事情说五遍，以小木柴自喻，表达默默无私奉献的牺牲精神。

生活如诗，仁者爱人，因为有对生活的无限热爱，诗歌、文学才能从古走到今，并将继续与生活同行同心，做生活的记录者、书写者、讴歌者。作者山中人习惯“日写一诗”，积久成册，至今已出数集，各有侧重、各有特色、各有千秋，思想性和艺术性都达到了相当的高度。日行一善，终成尧舜，期待山中人先生更多更好的作品源源问世。

（作者系著名诗人、中国作家协会副主席）

自序

山中人的心里话

诗集《诗意的生活》出版后，一位诗友写道："你的文字是你心灵开出的花朵，是你心灵自由的歌。用文字取悦自己，就像生一炉火给自己，哪怕路人只看到一缕烟，而看不到你被炉火映红的脸。"这话有些溢美，却也道出了我的心声。不过，我深信：路人总是能看到我"被炉火映红的脸"。

不夸张地讲，我的心里一直是有山有水有诗的。

混迹于城市多少年了，人模人样地出入于各种场合。我看到过的，不只是权贵的派头，不只是他们的口若悬河、滔滔不绝；看到过的不只是那等级森严的所谓的“仪式”“礼教”；看到过的不只是金钱堆积起来的富丽堂皇的厅堂楼阁，更多时，关注的是大厅顶上，不经意的墙角处，那闪着光亮的一盏圆灯。我总觉得，能关注到那角落里的一束亮光的人，比起聚光灯下走红地毯的明星，情趣上不只不差，有时还可能高出许多。

愚痴如我者，曾试着也想改变自己。改变得要有所谓“领导的风度”，气宇轩昂，前呼后拥；改变得要有所谓“学者的派头”，侃侃而谈，一泻千里；改变得要有所谓“城里人的精明”，眉来眼去，全是故事。可终究是——赶鸭子上架，我几乎吃尽了苦头，越改越发愚顽不化，朽木一尊。因此，也就认命了，骨子里就一“山里人”了。

这正如我自己所说：不可避免地发自内心的，我总认为自己是个山里娃，就是个山里娃。虽然混迹于城市30多年了，但始终念想的还是生育我养育我的那一座座连绵不断、逶迤起伏的大山。可以说，那些山已是我魂牵梦绕的所在。山的厚重，山的朴实，山的沉默，山的坚韧，怕是我今生今世的努力，也不可企及的啦！

正是因此，骨子里我是有“山气”的：20岁时，人们就直呼我“老解”，沉稳得死气沉沉，一点也不灵便；不管何种际遇，我自岿然不动；不会看人脸色行事，只是按着自己的理解行为。这种愚傻，有时自己都感觉震惊。心想：何以是这样的一个东西，愚顽不化，水淹不进？更多时，还是自我解嘲，美其名曰：在江湖上游走，不沾染江湖上的恶习。但细想想，也就释然了：我本出生于山里，自小就是山风沐浴，山土滋养，山泉滋润，山阳滋长。“三岁看大，七岁看老”嘛，成长时，已浸润在山中，哪能没了山的气息？再想想，就引以自豪了：谁的成长能离开自己生存的环境呢？谁的血液里不流淌着家乡的底色呢？我庆幸我的出生，我以我是“山里人”而自豪啊！于是我就叫“山中人”。

我的心里的山的底色，是家乡的那连绵起伏的黄土高原的山；我的心里的水的底色，是家乡那沟涧里流动的潺潺的小溪。因此，我心里的诗，也只能是以这山的朴实和水的纯净为底色的。

那肯定是要不失山里人的品性：语要平实，话要实在；有话则长，无话则短；不哗众取宠，不无病呻吟；不花拳绣腿，不卖弄风骚；实话实说，要有真情实感。

写到这里，忽然，我的心里有些忐忑：诗集《我的心 有山有水有诗》，也是按着自己以上的希望去写的。但是，能否达到表情达意的真实，那很值得商榷。浅薄如我者，差距自然不会小。幸好，书出版了，就如一个人裸奔一样，一切只能由受众去评说了。作为作者，只有虚心倾听，只有努力改进的份了。这一听一改，说不定，真还让我更能真正地有“山中人”的风骨呢。

目 录

壹　我的泪淌着热血

贰 我愿抖落人世的尘埃

叁　生活如诗

壹

我的泪淌着热血

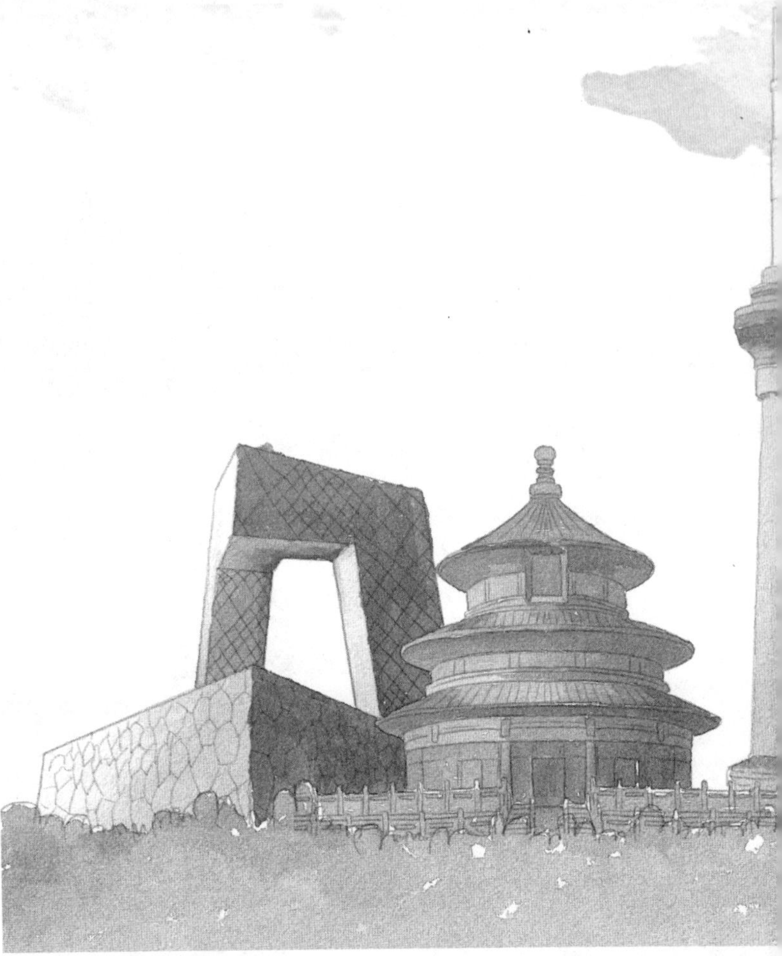

祖国啊！祖国！
我无法用笔写出
你的美丽和伟大
我无法用情抒发
你的温暖和神圣

我只会用心感受
你的博大宽广深厚！
祖国啊！祖国！
我只能为你骄傲和自豪！

——《祖国啊，祖国》

宇宙的感叹

我是宇宙
你们人类说我无边无际
我不想和你们争辩什么
那样的无聊之为没有意义
我只想对我的思考感叹而已

你们人类身处在地球上
从东到西，从南到北
从古到今，从昼到夜
似乎，你们像精灵一样
其实，你们这些生命体
不过是其他星球的笑柄

我的宙是时间长河里的船
从古到今的岸边风景

我了然于胸、了如指掌
历史的车轮滚滚向前
可你们人类坐在车上
总是看着车轮在重复着旋转
不知碾轧了多少涂炭的生灵
多么可悲啊——
你们人类总是用心创造文明
你们却一直用文明践踏文明！

我的宇是从天到地的空间
这空间里不知生起过多少云烟
你们总是演绎着创造的故事
却将地球的美体凿得遍体鳞伤
你们为了掩盖那破坏的罪孽
竟然用雾霾遮住我的眼睛
多么可叹啊——
你们总让天地之间充满火药味
让无数的生命体在战火中燃成灰！

我是宇宙
我赋予地球以无数的生灵
是为了你们人类生命的丰富
可我没有想到的是——
你们人类的生命过程中
为什么？为什么？
要充满一次次的残酷的杀戮？
为什么？为什么？
你们创造了那么多那么多的思想
你们又用思想来扼杀你们的灵魂呢？

我是宇宙，我知道
你们已是处在自己编织的
蜘蛛网里边的蜘蛛
你们高调地将航海、航空、航路
的各条线织成了天罗地网
你们又自豪地搞起互联互通的
看不见摸不着的信息密网
我也为你们人类的创造而震惊

可是，我不能不感叹啊——
你们这些网——虚的、实的
是网通了，且四通八达的
地球真是成了你们人类的村庄
但，你们地球村里的人啊
你们的心和魂——
是否也互联互通呢？

人类幸福的根本

一个在美国，一个在日本
一个在上海，一个在山西
一个家庭的四口人——
活动在三个国家四座城市

你的昼就是他的夜
他的夜也是她的夜
因为有了电和无线网络
昼和夜真实地成了一色
地球就变成了一个村庄

历史的趋势昭然清晰
可是，为什么？
有些国家、有些人
打着“再伟大”的旗号
抡起垒围墙和贸易战的大棒

火气冲天，杀杀砍砍
鲁鲁莽莽，愚愚顽顽
搅得世界昏天黑地
一片的混浊不堪呢？

我们的先人大禹治水
都明白宜疏不堵的道理
现在，互联互通的世界
蝴蝶效应翻江倒海
可是，为什么？
举着“科学”和“民主”的
大旗的“霸权”者
却愚蠢到连常识都不懂呢？

时代的车轮滚滚向前
历史的趋势不可逆转
维护“霸权”就是穷途末路
建立“人类命运共同体”世界
才是人类应有的未来和前景

如果有谁，还躺在——
以往工业革命的经验和笑声里
来迎接信息革命的历史进程
那结果只能是——
搬起石头砸自己的脚

地球已是一个村庄
村里的人在物质和文化上
其联系只能是越来越紧密
必然要互联互通成共同体
这是人类幸福的根本!

新时代之问

新时代的发展步伐
犹如大海波涛
滚滚向前，气象万千

华夏五千年的文明
是新时代发展的文化基石

加大改革开放创新发展
是新时代发展的必然路径

建立人类命运共同体的世界
是新时代发展的全球视野

让人民过上美好幸福生活
是新时代发展的坚定目标

中国共产党强有力的领导
是新时代发展的政治保障

新时代吹响新发展的号角
新时代是历史发展新的里程碑

新时代认真反思不断发问
这是历史前行中的必然回答

一问中国是否会崛起？
中华民族的伟大复兴
是人类历史发展的必然趋势

二问中国崛起会对世界有何影响？
将是建立人类命运共同体的历史机遇

三问疯狂的列强不甘心落后怎么办？
疯狂着的让其尽管疯狂
我们埋头发展自己的事情

四问能否避免列强霸权的疯狂？
上帝欲使其灭亡，必先使其疯狂

五问为何要加大改革开放创新力度？
这是时代发展的呼唤
也是人类社会历史发展到今天的必然

六问新时代能否更民主？
民主不只一种形式
实质上我们做得比别人更好

七问反腐扫黑是必须的斗争吗？
这是秃子头上的疮疤，明摆着的
腐、黑是新时代机体前行中的癌瘤

八问科学和人文哪个更重要？
科学和人文都重要
物质丰富时的人文尤为重要

九问新时代错综复杂的矛盾该咋办?
这是改革发展进入深水区的必然阶段
正确面对积极系统应对路就在脚下

十问新时代的辉煌是必然吗?
中央“顶层设计”如组合拳一样
未来已来，新时代的辉煌如太阳

祖国啊，祖国
——写在国庆70周年时

祖国啊，你红了！
你的大江南北
红彤彤的
你的山河湖海
红彤彤的
你红遍了世界的
角角落落
你红遍了中华儿女
的心！

祖国啊，你的红
是中华儿女挥动的
五星红旗的红
是中国共产党作为
舵手的党旗的红

是凝心聚力的
中华文化的红
是中华儿女热爱祖国
的颗颗红心的红！

祖国啊！祖国！
我记忆着你身上的
累累伤疤
我感动着你历经的
种种磨难
我敬仰着你奋斗的
艰苦历史
可我，仰望着的是
你积淀的深厚文化
托举起的华夏的壮美！

祖国啊！祖国！
你是中华儿女的天
太阳的光是那么明亮温热
你是中华儿女的地

大地的土是那么坚实肥沃
你是中华儿女的魂
红色的艳是那么沁人心脾
你是中华儿女的根
根系你的怀抱就是家！

祖国啊！祖国！
我无法用笔写出
你的美丽和伟大
我无法用情抒发
你的温暖和神圣
我只会用心感受
你的博大宽广深厚！
祖国啊！祖国！
我只能为你骄傲和自豪！

中国红

中国红，是
五星红旗的红
中共党旗的红
国徽党徽的红
人民红心的红

中国红啊，你
生下来就是红的
骨子里就是红的
你的容颜是红的
你的灵魂是红的

中国红，映着
革命先辈们的鲜血
中国共产党的初心
人民当家做主的红心
国家民族强盛的雄心

中国红，红得

醉了山川，醉了天空
醉了大海，醉了人心
醉得满世界红彤彤
醉得人热血在沸腾

中国红，艳得
美了庭院，美了高楼
美了世界，美了人间
美得天空红艳艳
美得大地艳艳红

中国红啊，你
浸润人心，因为
你举着的是人民的红旗
你全心全意为人民服务
你如火一样熊熊燃烧着的
是实现共产主义理想的激情

中国红啊，你
红遍全球，因为
你为中国人民谋福祉
你构建人类命运共同体
你为世界共同繁荣做贡献

醒来吧，别再沉睡！

（一）

同胞们，醒来吧
别再沉睡！

我们的巨轮已驶进新时代
实现中华民族伟大复兴的
“中国梦”的隆隆号角
犹如巨轮的汽笛已经拉响
五千年的华夏文明
百年以来的科技文明
正载着这艘历史的巨轮
航行在新时代的大海上
中华民族勤劳善良的儿女们

正驾驶着它乘风破浪奋勇前行

同胞们，醒来吧
别再沉睡！
新时代的风景美好无限
她如母亲正唤醒我们的天性
我们不能沉睡着错过欣赏
我们要睁大眼睛展望奋进！

（二）

同胞们，醒来吧
别再沉睡！

五千年历史的起起伏伏
百年近代历史的沉沉浮浮
全然是历史行进的轨迹
这些是用来欣赏，用来借鉴
抑或是用来批判，用来总结
但，绝不是用来鄙视、作践
评头论足过去的历史
指手画脚以往的印迹
以此为据畏缩着裹足不前
那就是沉睡着的懦夫

醒来吧，同胞们！
别再沉睡！
睁眼看看这个世界吧

那文明动能引发的民族自豪
正放着太阳一样的光芒
让人兴奋，让人激越
让人沉睡不得

沉睡着的人啊，快快醒来吧
别再沉睡！
因为——
沉睡就意味着逝去！

（三）

同胞们，醒来吧
别再沉睡！

新时代正呼唤“不忘初心”
正唤醒伟大精神灵魂的回归
拉关系谋私利的肮脏

正被摧枯拉朽的洪水滚滚冲刷
官商勾结群凶作恶的“黑帮”
也如过街老鼠，没有歇脚的地方
有个好爸爸的“钢爸”已入狱
“终身学习”“书香社会”在形成
请不要将手机的碎片阅读
当作文化的学习，这样可笑可悲
请不要将各种各样的明星当爹
军人、教师、科学家、工人、农民……
个个都是明星，行行都有绝活
请不要将浮躁着的身心置于山顶
而应将自己的身心沉静在山谷
脚踏实地地一步一步登山为峰

同胞们，醒来吧
千万，别再沉睡！
因为，新时代——
呼唤正义，呼唤良知，呼唤创新奋为！
沉睡就意味着隔世！

（四）

同胞们，醒来吧
别再沉睡！

西方的文明不是万能的机器
科学和民主的旗帜
固然飘扬着曾大放光彩
但，没有共享共融的时代魂杆立着
这旗帜终究会黯然失色
就像褪了色的粗布衣
尊重科学崇尚科学创新科学
尊重人权首先是生存权的民主
才是人类共同体存在着的未来

醒来吧，同胞们！
别再沉睡！
别再为眼前的繁杂所迷乱
这繁杂绝不是繁盛
因为——

繁盛的世界生命不该被残害！

醒来吧，同胞们！
别再沉睡！
因为——
沉睡的生命最易遭残杀
沉睡的生命就如同死去！

（五）

醒来吧，同胞们！
我们不再沉睡！

大地醒来了，不再沉睡
大地上草长莺飞花红柳绿

黑夜醒来了，不再沉睡
满世界的阳光照亮万物

我们醒来了，不再沉睡

民族之魂就会唤醒全世界!
新时代的正能量充满世界!
中华民族伟大复兴的梦想
就会像飘扬着的五星红旗
就会屹立于世界的东方
就会为全人类造福!造福!

这个时代需要你

你在哪里？你在哪里？

你的草地是否葱葱绿绿？
你的花园是否草长莺飞？

如今，通信手段如天罗地网
可我，听不到你丝毫的音信

纵使我跨越千山万水
纵使我寻遍日月星辰
我如何看到你的音容和笑影？

那年那月那日里
夕阳西下就走进黄昏
红霞满天铺地

我却走在泪的影子里

我向那高悬的月亮呼唤
你在哪里？你在哪里？

月亮照出我长长的影子
——无语，——无语
星星眨着眼睛仿佛对视着你

你是乘风而去，和星星同语？
你琼楼玉宇中，如玉树临风？
你跳着舞步，媲美孔雀开屏？
你美丽的歌喉，要感天动地？

你清柔似春风细雨哟！
你细腻比霜雪丰润哟！
你清明比露珠透亮晶莹哟！
你笑意春风不识人间愁滋味哟！

你的人生就那么清欢简约哟！

可是——，可是——
你在哪里？你在哪里？

你是否开辟出一望无际的天地？
你的天空是否还是那么的纯蓝？
你的大地是否还是那么的丰厚？
你的头顶的乌云是否已经散去？

你在哪里？你在哪里？
我们是否能发一条微信？
你啊，请理解我急切的呼唤！
因为，这个时代需要你！

我的泪淌着热血

我的泪
从心底淌出
一滴一滴的红
心碎的痛
无法抑止

我怎么也看不明白
东方之珠
那耀眼的明珠
夜色深深
灯火闪亮
你的风采
却让暴徒践踏

我怎么也想不明白

东方之珠
你的每一滴泪珠
仿佛诉说着你的尊严
回头望望
沧海茫茫
暴徒来自何方

我心灯一亮地明白
资本主义的血是黑的
他们打着自由的旗号
搞所谓“颜色革命”
总想染黑
我们永远不变的黄色的脸
其实是痴心妄想

我的泪
是从心中淌出
淌着热血
一滴一滴的红
染红香江
五星红旗高高飘扬
在东方之珠

向人民子弟兵敬礼！
——写在建军92周年之际

你们是人民心中的一座丰碑
碑的题头写着“人民子弟兵”
碑的中间写着“最可爱的人”
碑的落款写着“全中国人民”

你们的站姿，你们的走态
你们的队列，你们的跑步
你们的面容，你们的吼声
你们的威严相生于崇高的心

你们有着守望蓝天的胸怀
你们有着钢铁般的毅力
你们有着守卫国土的忠诚
你们活着是为追求和平的胜利

战斗时的你们出生入死

抛头颅，洒热血
和平时的你们苦练绝技
为保家卫国而摩拳擦掌

哪里的风雨无情
你们的身影就出现在哪里
哪里的山崩地裂
你们的雄姿就奔赴哪里

你们习惯了，习惯了“奉献”
你们忘我了，只“为人民服务”
你们齐吼“犯我中华者，虽远必诛”
你们微笑了，微笑着“和平与胜利”

你们豪迈的性格里不忘
人民是我们军人的父母
你们杀敌的雄心里深谙
一切反动派都是纸老虎

因此，你们汗流如雨时

你们会心地仰望着蓝天
你们血流如注时
你们说这是我们应有的品质

你们是中国人民解放军
你们真的就是一座丰碑
你们是人民最可爱的子弟兵
全国人民向你们深情地敬礼！

我只是感动奉献

我大声朗读诗朗读文，给你
我想，我想啊——
让春天的苗长在你的心田里
我的心潮似山脉连绵起伏
因为，我只是感动——
我的心如雪素洁无欲无悔

桃花红的粉的娇艳欲滴
像纯情舞者燃烧着激情的火
阳光的清辉温情着花蕊
因为，太阳只是感动——
春风啊，你沸腾了花的海

为什么要说春寒地冷？
为什么要说山高路远？

春真寒地真冷山真高路真远吗？
花只是尽情地散发清香
因为，蜜蜂只是感动——
采蜜吧，采得的蜜是多么甜美

为什么要感叹天涯海角？
为什么要感叹远在天边？
天涯海角就是远在天边吗？
眼睛只管看到的地方
因为，心只是感动——
你就是近在眼前的风景

我一直朗读诗朗读文，给你
哪怕你摇着头闭着眼睛
我识得春风潜着的柔蜂蜜甜着的心
但愿，但愿——
我能用心的风景唤醒你
因为，我只是感动——
我的心永远有着远方的风景

故乡

故乡就是一汪秋日的湖
风来了
你荡漾着波波暖暖的笑容
雨来了
你跃起的水花
跳成了你快意的舞步
风雨过后
你平静得像面镜子
对视着天上的云朵太阳
映照着飞过的彩蝶蜻蜓
到了夜里
你干脆就把月亮和星星
以及
那飞过的闪着红灯的飞机

那追咬过狐狸的狼狗
还有乡人和我儿时的记忆
全都揽入你的怀中
不是熟睡
而是静静相拥

乡亲们

乡亲们脸上滚动的汗珠
是我深爱他们涌动的热泪
这热泪没有咸涩愁苦之味
而是我兴奋的感动的潮水

乡亲们脸上的皱褶里
写满了表里山河的岁月
这岁月凝练成一幅油画
壮美朴实而又刚毅无比

乡亲们笑起来阳光般灿烂
那脸上的皱纹里挤满纯真
乡亲们说起话来朗朗爽快
那粗大的喉结里吼出真诚

乡亲们满是茧子的粗壮的手

收割了庄稼也在收割着人心
乡亲们挑着担子的双肩
挑的是粮食晃动出的是力量

乡亲们不懂得怨恨的烦恼
乡亲们耻笑奸猾者的小伎
乡亲们深爱大地厚土的芳香
乡亲们欢歌笑语也跳着舞蹈

乡亲们的日子里没有攀比
乡亲们的岁月里只有耕耘
乡亲们的脚下是蜿蜒的路
乡亲们的头顶是蔚蓝的天空

乡亲们的江湖上立着关爱的碑
乡亲们的心田里飘着奉献的旗
乡亲们日复一日地静默耕耘着
乡亲们最懂得快意生活的真谛

乡亲们脸上常常滚动着汗珠
那是他们的心里涌出的热泪
这热泪是他们幸福生活的滋味
这热泪总让人无法自抑地感动！

中秋节情思

中秋节是生活之河的波涛
这波翻浪滚的涛声啊
是盼，是望，是思念，是念想
是那一轮明月的几多寄托
是那一腔激情的几多祝福
是那历史隧道里代代人的情思

中秋节的盼啊
盼那山高水长的长辈们
的清音和包容
中秋节的望啊
望那远隔千里的孩子们
的归途和成长

中秋节的思念啊

思念那隔天隔地的逝去的
前贤们的音容和思想
中秋节的念想啊
念想着今日今夜的
家国共圆的团聚和平安

如果，中秋节
只是一轮皎洁的明月
皓月当空，玉盘生辉
则心花怒放
黑云遮月，雨落大地
则黯然神伤
那么，中秋节
还会这么缠绵有味吗？

不是，绝不是的
即使乌云闭月
我看不到
中秋夜月光的清辉
但我还是能想见

月光会照亮海峡两岸
照亮所有期盼团圆和平
的儿女们的心

中秋节是生活之河的波浪
中秋的月光让波光粼粼生辉
这是那盼、那望、那思念、
那念想、那祝福的人
心里的光亮
这光亮犹如燃烧着的火把
照亮着时代前行的路
历史，就在这
洒满月光的路上书写

在路上

在路上
脚下平铺着远方的路
草长莺飞，鸟鸣花香
那蛙声如潮
那小溪水流
那湖那山那村那些人家
那陌生人笑声里的指路
那城市林立着的高楼灯火
路上的风景
有坎有坷激荡着风雨同行

在路上
我们的爱情灿烂如霞
那风的手，云的泪
那燕子的轻盈
那天空和太阳的牵手

那飞扬着奔向海风
的长发飘飘双臂展扬
那咯咯如铃的笑声
那拥抱世界的激情
路上的爱情多么美好

在路上
我们向着理想的未来行进
那燃烧如火的激情
那雪泥鸿爪的步履
那挥洒如雨的汗水
那在云天里的飞行
似奔马飞腾
似雄鹰展翅
跌倒了掸掸身上的土
迎着朝阳沐浴阳光只顾前行

在路上
无论生的路途遥远
还是死的灵魂归天
那所有的一切如一

全是路上的奇妙风景
如山底海底无穷的未知
是生命脆弱和强大的交替
路上的欢歌和哭泣的乐章
唤醒着路上的花草如春
生命的天空下充满希望的阳光

在路上
这是从古代到未来的路
这是从东方到西方的路
这是从立业到成业的路
这是从荒原到城市的路
活着就是从生到死的路
创造就是从无到有的路
“路漫漫其修远兮
吾将上下而求索”
路上的美丽在于奇妙的探索

贰

我愿抖落人世的尘埃

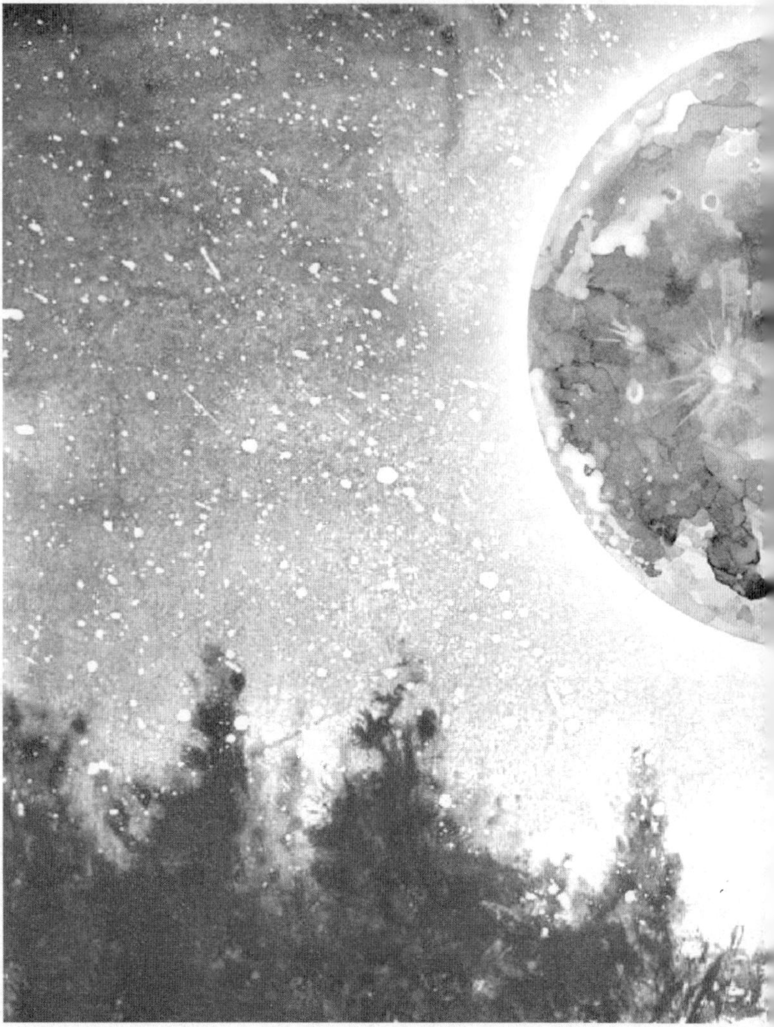

你们是众星
我却不是月亮

我只是一粒尘埃
飘零在这里

——《我是一粒尘埃》

我希望

我已是华发的年龄，却常常有的是幼稚园的童心。我深知社会的复杂、世事的艰难、人生的沧桑，但我的心田里，总有一块绿地。在这块绿地上，长满了嫩绿的草，开满了希望的花，充满了阳光的温热，有彩蝶振翅的活力和飘逸。因此，我常常感动着生命的存在，也对生命充满了期待。

——题记

我希望
岁月路上的坎坎坷坷
犹如我们在荡着秋千
身体跃动时心在飘逸

我希望
人生长河里的波波浪浪
仿佛我们在玩着丢手绢
分分秒秒的浪滚心都在激荡

我希望
人们相处的日日夜夜
就是我们儿时的蹦蹦跳跳
疼了哭乐了笑什么也不计较

我希望
人们要把科学和人文共修
犹如岩石缝中立着的青松
这样的风景才是大美的人生

我希望
谁也不要飞扬跋扈耀武扬威
那豹子的眼光太过凶狠
和平之光是人世间朝阳初升

我希望
爱的空气人人都在呼吸
大爱无疆是生命的海洋
争争斗斗只能是残垣悬崖断壁

我希望
每个人按角色定位努力

不要为了世俗的所谓成功
让无助的“猴子”挑起千斤的担子

我希望
世俗不要再谈论成与败
人生的丰盈就像百花园
朵朵鲜花各有各的美

我希望
人人都拥有有趣的灵魂
对所有生命都充满无限敬畏
就像母亲永远无私地爱着孩子

我是天上飘着的一朵云

我是天上飘着的一朵云
我不是所谓的形影无常
我也非所说的浮萍样漂游
我更不是那狡猾的变色龙
我深知——
我的基因是风，是水
我出生已经历寒苦的冷

我是天上飘着的一朵云
我敢在无边的蓝天上行走
我敢高悬在天空上艳舞
我敢全裸地展示于山湖
我深知——
我骨子里有水的上善风的无畏
我追求着天地之间的无为大美

我是天上飘着的一朵云

偶尔，我遮住了太阳的光
那是我在接受阳光的洗礼
我像佛教徒虔诚地膜拜太阳
我知道——
我的洗礼能给大地带来凉爽
我的生命旋即升腾为温柔之光

我是天上飘着的一朵云
我感受着蓝天胸怀的宽广
我汲取着大地品格的厚重
我欣赏着人间勃发的生机
我知道——
我生是为着回报天地人的滋养
我死是再投胎为飘着的一朵云

我是一根小小的木柴

我是一根小小的木柴
把我填入你的炉灶
为你燃烧的炉火加把热
以做出香美可口的饭菜
供你和世人幸福地品尝

我是一根小小的木柴
点燃着我像火炬一样
你高擎着快去奔跑吧
闪烁之光照亮你前行的路
让你到达你理想的地方

我是一根小小的木柴

假如我够得上做你的锄把
你尽管地去打磨与割舍
我绝不会痛苦地呻吟
而是默默地帮你清除杂草

我是一根小小的木柴
曾经汲取着大地的养分
也曾有过嫩和绿的风采
但过去的风——
怎么可以刮着今天的云呢?

我是一根小小的木柴
即使我被你深深地遗忘
我也绝不会有怎样的责怪
我只会静静地躺在大地怀里
化为灰烬滋养小片的土壤

我是一棵树

我愿是一棵树
风来了
摇曳着溢彩的绿叶
雨来了
淋湿着茂密的树梢
日来了
焕发着流光的清辉
电闪了
照亮着健美的躯干

树
总是洋溢着青春的色彩

我愿成长为一棵树
寒冬日
铸就着剑指的青枝
阳春日

勃发着绿芽的生机
盛夏日
茁壮着浓密的树冠
秋风日
收获着金黄的叶子

树
总是充满着生命的力量

我就是一棵树
风吹日晒中
我长成参天的大树
四季更替中
我出落成葳蕤的大树
纵使有一天
我将如花草一样枯萎
我也有过
汲取生命养分的根
我也有过
粗壮错节的根
如他一生深扎于大地

我感动

我感动——
我是一粒尘埃
低调到
你们用眼看不清
你们用手摸不着
曾试想：没有尘埃的世界
人们该怎样呼吸？

我感动——
我是一眼深井
深沉到
你们只能看见井口
你们看不到我胸中泉涌
真是啊：那泉涌着的井水
甘润滋养了多少生命？

我感动——
我是一棵大树
坚强到
不怕那烈风吹树叶鸣
根就深扎于大地之中
不能想：没有大树的人间
哪还有什么温情？

我感动——
我是一个人
深知道
躯体就那么一米几
心气却连着天和地
要不然：仅有那发达的躯体
何以支撑起人间天地？

我是一粒尘埃

你们是众星
我却不是月亮
我只是一粒尘埃
飘零在这里
你们看到我的华发
你们看到我的皱褶
你们听到我的笑声
这些实在是好。但
我更想让你们感受到
我的华发里的青春
我的皱褶里的激情
我的笑声里的智慧
我的如梦样的追求
我畅想着的山的厚重
水的上善的心灵自由
——的人生！

我愿抖落人世的尘埃

我愿抖落人世的尘埃
就如母亲抖落衣服上的灰尘
动作干净利落潇洒
不让乌云遮住太阳
不让青山露出残岩
不让爱的人流伤心的泪
不让不仁者挥舞手中的鞭

我愿在抖落尘埃的瞬间
绝不用权贵者手中的印章
绝不用富豪者腰缠的铜板
绝不用投机者的贼眉鼠眼
绝不用霸权者的张牙舞爪
而是要像母亲爱孩子那样

我就是我

我走在灯的影下
一阵我的影，是一棵大树的干
一阵我的影，是一堆荒凉的土
一阵，我的影走在我前方
一阵，我的影倒向我背后
啊，这是我吗?
为什么我就活在灯的影下?
不，那影不是我
不要如影一样地让我变形
更不要用你的双眼，看着
那些影子说我东说我西
我就是我

我骨子里就是下里巴人

我骨子里就有激越的浪漫
我不想看风是风看雨是雨
我不想云里雾里疑神疑鬼
因此，我看见
每件事都是上帝安排的机会
每个人都是上帝派来的天使

我骨子里有不安分的神经
我不想墨守成规日日成灰
我不想成温水里的绿青蛙
因此，我常常
走在一条扬着尘土的路上
灰头土脸有时还头破血流

我骨子里有山里人的纯朴
我不想去摧眉折腰事权贵

我不想为着铜臭失去道义
因此，我只想
让人文情怀和科学精神的
双腿支撑住我刚直的躯体

我骨子里有山里人的拧巴
我不想在世俗的眼里沉没
我不想被尘世的噪声污染
因此，我保持
与书为友倾心真诚的交流
与事做伴思着想着的务实

我骨子里就是一下里巴人
我没想出人头地光宗耀祖
我没想趋炎附势攀龙附凤
因此，我坚守
实实在在耕耘人生的土地
厚重如山成为大地的风景

我就是个背包的人

我就是个背包的人
一双肩膀
仿佛为着背包而生
背包是我一生的自豪与光荣

上学的时候
为着求学而背包
书包鼓鼓装满了书和本
书包和我一起蹦蹦跳跳

上班的时候
为着事业而背包
包里装满了公文和电脑
公文包伴我一起奔奔波波

旅行的时候
为着美丽而背包
包里装满了锦绣山河的名片
旅行包和我一起欢欢笑笑

我为朋友背过包
包里装满了友谊的书签
我为老师背过包
包里盛满了尊师的信笺

我没有为权贵背过包
我瘦弱的身体背不动那样的包
我没有为富豪背过包
钱的分量太重会压折了腰

那日，我走在大街上
满街的人背着各样的包
我不知他们包里装着什么

我想是装满了生活的希望

终于，我替父母背起了包
包里全是父母养育我的故事
终于，我替爱人背起了包
包里藏满了天下神圣的爱情

我的心

我的心，学太阳
只想尽力发热发光
不想让——
心外的世界寒冷阴暗

我的心，学月亮
只想在夜里发光发亮
不想让——
暗夜里前行的人失散

我的心，学大地
只想让万物茂盛生长
不想让——
荒芜之地充塞在人间

我的心，学大海

只想涛声激昂澎湃
不想让——
看海的人失望着悻悻而归

我的心，学空气
只想不动声色地存在
不想如——
狂风暴雨样张扬发作

我的心，是张网
只想让网线传播正能量
不想让——
我的玻璃心碎了可爱的人

我的心，也飘云
只想让泪雨落在自己的心
不想让——
奔跑的人举着伞心跳喘息

我的心，我的根
只想让它丰富茁壮汲取养分
不想让——
它成为墙头草摇头晃脑

我走在城市的边上

我常常被城市的繁荣感动
感动的潮水尽情拥吻着城市
可我的感动里，咧着
撒盐一样的伤口

城市繁华得近乎奢侈迷乱
街道像河床一样
两边的草和树
绿得像流动着的水
却也被平铺着的
那街面上穿梭的车
喷出的尾气和噪声
如风吹如雾团地
蹂躏和作践

人都是急匆匆的样子
仿佛要去摘下太阳似的
似乎脚步慢了
太阳就会偷跑在身后

立着的座座高楼
全都是睁着眼睛
或大或小或明或暗
实在看不出什么精气神
穿在身上的霓虹灯
只顾不停地眨着眼睛
不知道他烦乱的心
如何才能静美如春?

我就在城市的怀抱里
可我感觉不到他的柔爱
倒是他怦怦跳动的心
让我时时感受到，他
上气不接下气般巨大的喘息

城市啊
你是一个外表光鲜的所在
你的内心里，缺少
缺少那——
山的厚重，水的灵秀
土的醇香，鸟的灵动
人的自然和自由的朴素

热闹的城市啊
我虽躺在你热闹的怀里
可我禁不住地感觉到
你的怀抱太过燥热
就像炎炎夏日的水泥地

那就请你——
请你让我的身心
走在你城市的边上吧

我走在村的巷子里

我走在村的巷子里
那红砖青瓦的大红漆门
睁着大的清亮的眼睛
看着这个尘世繁华的巷子
秋日的阳光
也会谈情说爱地私语
温柔地包围着
那坐在门前的老者的笑脸
这是谁家的院子里
红枣树上
挂满了一嘟噜一嘟噜的红果
在那白墙绿瓦的围墙上
尽情风姿绰约地舞蹈

偶尔，那狗的叫声
是那么动情与狂欢
在这秋的村的深巷里
回响起感天动地的歌谣
那摆着尾的鸡
是不见了，也听不到她的歌
倒是老者脚下的水泥地上
卧着的花猫
睁着圆亮的黄眼睛
喵喵的几声情语
让这秋的村的深巷里
让走在这深巷里的我
有了阔步在城市的
边上的记忆
这记忆——
比城市的高楼柔润清美
比城市的街道意味深长

我坐在车里

我坐在车里
路是翻腾着波浪的海
两边的风景
沸腾着朵朵浪花
也沸腾了我的心
这个世界不缺少
花的美丽和路的齐整
也不缺少人的
五颜六色的艳美
天空从来不被痛苦包围
偶尔飘着的云
也是激动着爱情的泪水
太阳不知道疲惫
只想着尽职尽责照美大地
月亮是太阳的爱妻

只知道为丈夫播洒清辉
我坐在车里
我是大海里的一朵浪花
太阳和月亮的光
让我时不时波光粼粼
我不会，根本不会
纠结那路的窄车的多
我坐在车里
心里装着的是
那山那水那人那世界

我呼吸着清爽的雪

我呼吸着冰凉的雪
却也感觉清新
山川醉了，一色的白
一只麻雀，颤巍巍地
迈着小脚，脚印如画
我的呼吸，笑了
颤悠悠地，呵着白气
世界是一色的，如同我心
不是苍白，就怕荒凉
就怕理解为荒凉
荒凉到——连麻雀的
脚印都看不见
我呼吸着清爽的雪

我忙碌在岁月的炉灶旁

我忙碌在岁月的炉灶旁
我系着母亲做的花围裙
不管手握长有荆棘的柴
不管我用铲添加黑的煤
不管我是打火点燃天然气
那火，总是艳艳地吻着这口锅

锅水沸了，锅油滚了
煮沸的是那热气腾腾的汤
炒熟的是那香喷喷的菜
就是那白胖胖的馒头
麦香也是飘着的风
那风啊，定是美味佳肴的韵

我曾向往着离开那炉灶旁
我穿着母亲缝的新衣裳

走在岁月的边上
见砌筑的工人，砌出的砖墙像
作家码出的文字，同样都是作品
看绿化的工人，栽出的树似
美术家作出的画，同样都是画品
看耕地的农民，犁出的地如
作曲家谱出的线谱，同样都是旋律
我的泪，成了岁月的河
我接受了岁月长河的洗礼

我不能不忙碌在炉灶旁
我还是系着母亲做的花围裙
我烧着火，看着那熊熊的火焰
我做着饭，闻着那饭菜的香味
我目睹着那么多用餐人的笑脸
我的心如太阳一样，喷射出幸福的光芒
当然，也如那元宵节
的月亮，播洒着清纯的人生的光

我和岁月一生的恋爱

我和岁月一生都在恋爱
岁月和我一生都在约会

小的时候，我们约会在
——母亲温暖的怀抱里
——穿露裆裤的笑声里
——滚铁环时的声响里
——哇哇哭闹的撒娇里

上学了，我们约会在
——老师期盼的眼神里
——琅琅书声的教室里
——宁静雅致的考场里
——欢闹追跑的操场上

参加工作了，我们约会在
——忙碌的工作现场里
——取得成绩的欢喜里
——汲取经验的兴奋里
——深度学习的思想里

我恋爱了，岁月和我约会在
——花前月下的树影里
——鸟语花香的公园里
——满怀激情的电影院
——情投意合的对视中

当岁月染白了我的头发
岁月依然和我约会在
——他乡游走的土地上
——公园跳舞的广场上
——天伦之乐的饭桌上

我和岁月真正恋爱一生
岁月和我一生都在约会
我不认为岁月是把杀猪刀
我感激岁月给了我一生的美

卷三

生活如诗

这该是个充满诗意的世界
有诗意的世界才有远方

这个世界不能没有诗
无诗的世界太过贫瘠荒凉

——《写首诗吧！》

咏物诗四首

水杯

你的命运真苦
总是被开水烫身
你的苦命真有价值
滋养着各种人的生命

圆月

你那么圆那么亮
是因为你懂得
——活在当下
你这高贵的智慧
来自你的修为
成长与衰败都因残缺

笔

你的使命
就是为了表达
你敢于把——
真假、善恶、美丑
尽情抒发
那是因为——
你胸中有自信的笔墨

胶水

你的外表
太过丁黏糊
你的精神
却总在团结牵手
你的智慧
在于懂得团队力量
你的价值
全然在于创造黏结

化妆间

这里，音乐轻舞；这里
灯光繁星
这里，香水飘溢；这里
花朵云集
美女们啊
当你们被如此美妙绝伦的空间
簇拥
当你们本已美艳的花容，再次
被化妆师一点一点精心妆扮
你们的心海里是否映着
太阳、月亮还有满天繁星？
其实，你们洋溢着的
五月花的热情
六月树的蓬勃
秋日收获的喜悦

早已回答。并且
你们和这世界的轻乐、灯光
香水、花朵，早已
融合成一个仙子般的童话世界
我是无法驻足
却也不能轻轻挥挥手作别
我只想带走这里所有的色彩
包括那心湖中荡着的波
永久？永久！

镜子

（一）

镜子啊，你的思想
深邃如天空
镜子啊，你的境界
高远像太阳
你的一切的存在，都是
为了追求真理的所在
在你的映象中
从不会藏污纳垢
在你的认知中
从不会断章取义
真实，真实，真实
寻求真相，一切的真相
就是你生命的誓言

（二）

你从不对面对自己的生命
说谎，——把白的说黑
你为了对珍视你的生命
负责，你如百变金刚
眺望远方时，你修身为望远镜
视野开阔时，你修行为凸透镜
聚焦幽光时，你修炼为凹透镜
洞察秋毫时，你修为为显微镜
近视者，你以近视镜以正视
老花者，你以老花镜以视正
即使隔着那骨骼和皮囊
你也要变成透视镜、肠镜
让那隐藏着的种种真相曝光

（三）

光亮时，你比光还亮
黑暗时，你能照见黑暗

风吹日晒时，你光彩夺目
雨淋气打时，你抗拒出泪痕
为了探寻那宝贵的真理
你粉身碎骨了——
碎了就碎了，那又如何？
破镜岂能重圆？
绝不让那碎片的破镜
导致世界变形或产生裂痕
这就是你生命的气节！

帽子

农民戴的是草帽
工人戴的是安全帽
军人戴的是军帽
护士戴的是燕尾帽
贵族戴的是礼帽
时髦行者戴的是时尚帽
出轨者给爱人戴顶绿帽子
缺德者给无辜者扣顶黑帽子
每个人都戴有一顶帽子
有的帽子有形，有的帽子无形
每个人都该找见
属于自己的那顶帽子

生活如诗

写首诗吧
不要如雾色朦胧
不要如回声空谷
只要让一支朴素的笔
写出心中的真实感情

写首诗吧
不要如风雨般纠结
不要如寒风般刺骨
只要让一支无华的笔
写出心中的深切感悟

写首诗吧
写生活中如诗的优美
说生活中的坎坎坷坷

谈生活中的波波浪浪
那都是诗意生活的韵律

写首诗吧
赞美生活如诗的歌唱
河流川江是生活的乐谱
山高峰回是生活的音符
诗是人生奋进的主旋律

风景

这个世界
不缺风景
缺的是会看风景的人

这个世界
风景万千
缺的是风景的灵魂

自然是风景
人是风景
人造的自然也是风景

这个世界
风景无限
有限的是风景灵肉的合一

岸

我在所谓的钱海里游泳
没有脱掉身上的厚衣
感受不到海水的冷热
只觉得贴身的湿衣服
很沉，很累
仿佛要窒息似地沉底

我不识水性，也不知道
因为有了钱才有了骗子
还是有了骗子钱才叫钱
只是感觉
骗子的泳技很是老到
肉体的颜色和钱海一体

钱海波涛散发出的铜臭味

像夏日腐烂的臭肉蚊虫四起
我抖落满身的臭味，挣扎着
抓住岸边的草，想上岸
岸上的绿草连接着远方的天
心一下子开阔得无边无际

宽阔的岸如草原风吹草低
我猛回头，却看到岸边
立着一块写着红字的大牌子
“只有诚信者的脚才能踏上岸”
我脱掉那身铜臭味的厚衣
毅然决然裸立岸上任光浴风吹

小草

古往今来
东西南北中
赞美你的诗
多如夜空之繁星
我又如何赞美你?

我真诚地赞美你
你堪比天空的太阳
你却从不显山露水
一生只做真实的自己
你就是你

花儿，为什么你就谢了？

花儿，为什么你就谢了？
连同你身上的绿衣
谢之前，为何你就那么安静？
连一句高声的话，都没有
你该大声地骂，骂我这粗心的东西！
也许我还能用心地为你
为你的美丽涂脂抹粉、洗脸美容
可是，你没有！你真的没有！
难道是你厌恶了我的存在？
可是，为何你曾日日夜夜艳着？！
为我，怒放着？！
香气四溢着我的心？！
花儿啊，我不傻

我怎能不知道你的不舍和挣扎！
当我手抚着你谢了的容颜
当你看到我为你泪流满面
你的枯萎的花叶
竟然颤抖着一如既往地韧性不折
我知道——
这是你在对我，对我
做最后深情的生命告白
人啊，要懂得用心地珍惜
因为——
美就在当下的时光里！
花儿啊
你的美就在你的行为里
——不管是生的艳丽！
——还是谢时的韧性！

路

太阳倦了
给夜修出了路

大地倦了
让雪铺成了路

人倦了
该给心找到路

太阳醒了
照亮了夜的路

大地醒了
成就万物生机之路

人醒了
唤醒了灵魂的路

秋雨

我走在秋雨的画面里！
为了妈妈的关爱
我真诚地握了把伞
为了秋雨的缠绵柔爱
我没有把伞举起

秋雨让路面生起了水纹
秋雨给绿叶结了露珠
秋雨为秋意增添了潮润
秋雨像星星打湿了衣衫
秋雨也潮润了我的心情

我多么想像秋雨——
活成绿叶上的露水
——晶莹剔透
我多么想像秋雨——
活如路面上的水纹

——环环清晰

我该是秋雨吧！
我和秋雨都在画面里
那手中的伞
是秋雨中妈妈的爱
早已和秋雨中的我
融合为生命的共同体！

帆船

一只孤独的帆船
独自穿行
在大海的波涛上
颠簸着的阳光
将浪花和帆船
照得一阵一阵清亮

我常常站在海边
一边倾听涛声的呼唤
一边静心远望着帆船
既为她的颠簸担心纠结
又为她的乘风破浪兴奋
帆船勇敢地穿行在海上

我多么想说
人生多像是一只帆船
海面就是她的生存平台
波浪就是她终身的伴侣
孤独前行是她生存的宿命
她独自掌握着自己的命运

生活的味道

道一声“我爱你”
双眼噙满泪水
我不是浮浅的流云
那爱的泪水
是从心湖底流出
味道虽是咸的
却是真的纯正
绝不沾半点苦涩

作别

那是云的夜
花香的小径，有你的影
没有雨，没有泪
只有那空旷的蛙声
还有那远山的暗影
既已是作别的拥抱
说什么都是空气
就如风飘过了
你还能抓住它的影?
笑笑，挥挥手
蛙声为我们送别
山峦为我们摄影
波涛汹涌的眼神里
云夜花香的小径
镶着我们的脚印
那是我们作别后
重逢的路

背影

那长长的影子
是月亮照在流水小桥上
你和他的背影

背影仿佛是千年的雕塑
是大家天然去雕饰的画作
是摄影师的黑白版的照片

哪里啊？这画作
是月亮摄出的心魄
是月光描摹的倩影
是人间淳厚的真情
是小桥流水的心音

那一瞬间的定格
就是一万年的仅有

就是真善美的存在

即使化作流星
也是——
苍穹里闪过的一道光影

离别

来吧，即使你姗姗来迟
我缠绵悱恻的心
也就云开雾散了
不再纠结，不再徘徊
你在的天空多么晴朗

这些离别的日子里
仿佛千年万年的云朵
有落不完的雨

不知道你的闹钟响了没？
不知道你的早饭吃了没？
不知道你去上班迟到没？
不知道夜里的窗户关了没？
也不知道你饿了？饱了？

累了？困了？还是走着？
跑着？健身了吗？……

如此雪片飘飞般的疑问
像银盘落玉般的雨点
直敲打着我的心窝
我如何可以入睡？

没有你的夜晚
就是没有星光的暗夜
我的眼睛——
闭着也是睁着
睁着也是闭着
没有了空间，没有了时间
没有了醉人的世界的芳香
日子和心一样暗淡无光

来吧，我们不再离别
东边日出西边雨

离别的日子最是寂寞

为什么要离别?
哪怕是短暂的从早到晚
即如断流蓄积的河水
终究会形成雄吼的飞瀑
激荡倒还是激荡
可飞溅的水花如思念心碎

孤独

我欣赏大山的静默
那是孤独者的状态
我喜欢河床的蜿蜒
那是孤独者的足迹

静默成就了大山的孤独
大山草木郁葱鸟语花香
蜿蜒筑成了河床的孤独
小溪发出了汩汩的声响

孤独的恋人是心的静音
孤独的伴侣是深刻的思想
孤独的朋友是追求的理想
孤独的享受是目标的实现

孤独是一个人的自在

孤独是一个人的清欢
孤独者的脚下是希望的路
孤独者的日子里充满阳光

孤独总是和寂寞吵架
就像蜂巢容不下苍蝇
孤独总是和喧嚣和解
就像舞者赢得掌声欢呼

孤独是无为人生的常态
无为而为的孤独风景万千
孤独的生命异常艳美
犹如万绿丛中那一朵的红

等待

等待的距离从天到地太远太远
等待的时间分分秒秒炙烤着太阳

思念的人不要总是等待
等待的思念总是梦里梦外

告别的人不要总是等待
告别后的等待总是对饮明月

父母不要等待孩子长大
父母应同孩子一起成长

老师不要等待学生的成绩
老师要同孩子在一起共同学习

谁也不要等待岁月静好

等待的岁月总是草木零落

不要让等待总成为理由
有理由的等待会英雄末路

不要让等待总成为借口
有借口的等待会美人迟暮

等待总是等待者的契约书
行动才是等待者的救命人

朋友，享受孤独吧！

我深知你的孤独
有时也为你的孤独
心里泛着酸楚
但我故意将笑脸给你
因为我想告诉你
孤独是美妙人生之必需

风在山沟里狂呼
那是因为风的孤独
却把沟壑吹得一片清新

云在天上吐絮奔走
那是因为云的孤独
却装扮得蓝天山高水长

雨在闪电雷鸣中洒泪
那是因为雨的孤独
却在雨后天空架起彩虹

太阳在苍穹上日日放光
孤独到没有一物相伴
它天天俯视人间的繁杂
却无怨无悔光照着大地

月亮在夜空里生辉
身边的星星却躲着不见
月亮孤独地盈了亏了地升降
却不忘把清辉洒向人间

朋友，孤独是奋斗人生的常态
人在坎坎坷坷的路上行走
人影做伴就是孤独的状态
享受孤独的人生才能与日月同辉

只懂得在繁杂的生活中嬉闹
那纯粹是欲望的支配

嬉闹之后会陷入寂寞的黑洞
寂寞者的人生那是悲苦
孤独者的人生那是享受

真正学会享受人生孤独的状态
你的身心已同世界真正交融
你的生命之光就会如日月
你的强大就如山一样雄伟!

夜的追问

小诗五首

是否

是否
风雨浇湿了你?
是否
你知道天有风有雨?
假如——
这夜里有雷声响起
我不会——
让雨落人间

知否

为你跷起拇指
那是静静地点赞

山重水复的距离
知否?
你的笑容
还是那样的灿烂
如牡丹花开一般

会否

你是喜欢着你的喜欢
因此
你是如此的侃侃而谈
当你感觉无风无雨的时候
你的转身
会否?
留下个影!

问号

一个问号飘来
我的心如问号般颤抖

望天

见不到你的影

看地

看不见你的身

请别再问了

要问

就问问自己的心

梦中的影

淡淡的话语

浅浅的情深

说一声“晚安”

不知梦中的影

又会有多长多久？

混沌

乡村的人
活在自然的世界里
脸上的皱褶里
写满水月江山

城里的人
活在装饰的世界里
脸上的肤色
粉妆得唇红脸白

生活在自然中的乡下人
想跑到城里
看着惊讶着羡慕着赞美着
城里人的装饰

生活在装饰中的城里人
想跑到乡村里
剥落粉饰，活得自然真实
像山像水如风如雨

西北风在夜里的咆哮

他们在夜里呻吟
我却在夜里咆哮

同样都无法入睡
我要让恐怖分子的战机
无法起飞

浸泡雾霾里呼吸困难
残枝败叶会让人心碎
我咆哮着风卷残云
欲将这些统统扫尽灭绝

夜的黑，让我无法温柔
我惊扰了他们的梦之声

那就请原谅我吧

我只不过是想把夜的黑
和黑下藏着的黑，抹去
让天空亮得明媚
明媚到他们清醒不醉

黑夜

黑夜是位出色匠人
把黑的时光筑成了桥
让如血残阳
从桥西走向桥东
出落为红彤彤的朝阳
蓬勃升起

黑夜的梦想
不能在沉睡中实现
披星戴月的奋斗
造就梦想的路，如桥
跨越沟壑变成通途
这通途让人们奔向光明

穷鬼

我路过你的院边
那花园里的花开得娇艳
蜜蜂和蝴蝶
都在闪翼歌唱

“喂，那是穷鬼的门前”
不知道哪里
突然传来这粗声粗语
我却如何也找不到喊话的人

我看着那娇艳的花
还有那闪翼的蜜蜂蝴蝶
不禁泪如泉涌，心想
穷鬼是人更是爱花的园丁

眼神

你的眼神，早已
让我的世界电闪雷鸣
那眼神的拥抱
就已让我爱河决堤
决堤的浪花
滚滚飞奔，如瀑
我的心湖里
只能任你游弋

在雨中

我擎着一把黑伞
徜徉在雨的路上
黑伞挡住了雨滴
也遮住了
我头顶的天空

生命的光亮

天上一轮圆月，像妈妈
地上一盏圆灯，像妻子
远方桥上的灯，像孩子

我抬头，仰视圆月
我侧脸，对视圆灯
我伸脖，远观桥上的灯
她们都发着柔润的光亮

浸润在她们中间的我
身上满披着清辉的光
心里荡漾着温情的泪
月亮明灯般闪着生命的光

记忆

记忆浅显时如溪水
记忆深刻时如品酒

不打开记忆的闸门
记忆沉睡着是死水

打开了记忆的闸门
记忆成了浪花飞溅的瀑布

我常常站在记忆的门口
细细揣度这门口的锁身

手中钥匙有时很管用
开锁就进入记忆的库

记忆的库存琳琅满目

如山，如水，也如风

手中钥匙有时真无用
记忆的门锁始终紧闭

我站在记忆的大门口
只能徘徊着静默流泪

我想让记忆牵着你的手
请不要挥挥手作别彩云

我要你的手抓住我的神经
龙卷风样撕扯成那擎天柱

信心

为什么一张漂亮舒展的脸
硬要挤成皱褶一团献媚呢?

为什么一副直立的腰杆
硬要弯成弓样的屈膝逢迎呢?

为什么两条健壮的腿
硬要罗圈着碎步跟随呢?

为什么一双丰腴的手
硬要递出一张表忠心的信笺呢?

为什么一颗聪敏的脑袋
硬要在不见阳光的地方胡思乱想呢?

为什么生活工作在一起

硬要口诛笔伐互相残杀呢？

为什么总要打着生意的幌子
硬要为着所谓的利润算计呢？

为什么虚伪的家伙
硬要穿着虚伪的外衣招摇过市呢？

为什么那明媚的阳光
硬要被乌云的黑暗遮蔽呢？

为什么那厚重的大山上
硬要有些杂草在那里丛生呢？

为什么善良的人心
硬要让别有用心的家伙玩弄呢？

为什么正义的路上
硬要充满那么多非正义的陷阱呢？

为什么真理的优美乐曲

硬要被歪理邪说的噪声干扰呢？

为什么和平温馨的家园里
硬要浓烟滚滚响起那炮声呢？

一口气说出这么多的“硬要”
因为“硬要”违背的是天理规律

乌云硬要遮蔽太阳
乌云也只能落泪而逃

杂草硬要在大山里丛生
杂草最终会被拓荒者烧尽

人类的温情如朝阳升起
硬要独飞那就是暗夜的蚊子

人类历史的车轮滚滚向前
硬要做绊脚石那只能粉身碎骨

战胜“硬要”那只能是“死磕”
死磕“硬要”的是坚定的目标和信心

思考

思考是一种游戏
从短到长
从粗到细
从低到高
从外到内

思考是一种方法
由树木及森林
由森林识树木
由星星到月亮
由河流归大海

思考是一种趣味
花开花又落
雁去雁归来

山高水也长
恨别鸟惊心

思考是一种习惯
行与走之间
坐与卧之间
泪与笑之间
时时处处间

思考是一种人生
从小到大
从生到死
从你到我
从俗到雅

影响

我不影响你的好
我只影响你的不够好

我不影响你们的好
我只影响你们的不够好

我不影响环境的好
我只影响环境的不够好

我不影响世间的善
我只影响世间的不够善

如果你能影响我的不好
我将嫩芽吻春风般爱你

灵魂的血

灵魂的血
没有腥味，厌恶腥味
他的味道是清香满园的花朵
他的味道是母亲深情的目光
他的味道是山风卷着的青草
他的味道是觉醒着的生命号角

灵魂的血啊，你的血性
是生命的颜色生命的味道
是岁月浸染出的生命彩虹
是生命的诗，是生命的歌
是生命田园里的百灵鸟鸣
是那皱褶白发中的人生气象

我的生命已长出了道道皱纹
我的记忆也已生出缕缕白发
岁月的辙不知压过了多少路

我的心里却如雷声响起
真真切切呼唤着一个声音
灵魂有血啊，灵魂有血性

灵魂的血
是鲜红的，红彤彤的
如朝霞唤醒着的天空
似燃烧着激情的太阳
照耀大地红得通红绿得浓绿
如那生命中飘扬着的红色旗帜

灵魂的血
是沸腾的，热气腾腾
像夏日火热的光，将
那冰山的雪化作流水，将
那畏寒的身抖出轻柔的风，将
那冰冷的心溢出烈火的情

灵魂的血
是安静的，静能制动
是枯枝败叶就燃烧成灰烬
是嫩芽青枝就激情化成雨
是豺狼虎豹就斧劈刀砍开路
是志同道合者就握手前行

梦

那一夜
风吹云飘
星星成了流动的河

一颗星星
闪闪亮亮地
向我仰望的脸游来

哦，这是一只船
船上划桨的
是你

魂

（一）

从一座城走向另一座城
我在——
从钢筋混凝土筑起的楼群中
寻找城市的魂

从一栋楼看向另一栋楼
我在——
从那栋栋长着眼睛的楼中
寻找家庭的魂

从一个单位跑到另一个单位
我在——
从那一座座的院子里
寻找单位的魂

从认识一个人到认识另一个人
我想——
从那一张张带着笑容的面孔上
找见每个人的魂

从一个时代跨越到另一个时代
我想——
从那时代的奔走的列车上
找见那梦绕着的魂

（二）

魂啊，不是天上飘着的云
魂啊，不是地上散落的草
魂啊，不是高楼奢华的外表
魂啊，不是华丽宫殿的装饰

魂是吹绿万物的春风
魂是照亮大地的太阳

魂是陪伴父母的笑声
魂是彰显仪态的精神

人的魂是人的思想
家的魂是家的风气
单位的魂是单位的朝气
城市的魂是城市的品位

德育是学校教育的魂
“我将无我，不负人民”——
这是伟大领袖的魂
“自强不息，厚德载物”——
这是中华民族之魂
“天下兴亡，匹夫有责”——
这是新时代的魂

痕

岁月是带刺的玫瑰
不想刺破皮肤
不想鲜血淋漓
只有小心翼翼
否则，抓不住岁月的玫瑰

日子是飘落的雪花
下落时洋洋洒洒
消失时无影无踪
只有畅怀拥抱
否则，握不着日子的雪花

时间是一日的三餐
不吃，饥肠辘辘
吃撑，头昏脑涨

只有珍惜当下
否则，尝不出时间的餐味

人生是日子的河流
时间如流水淙淙
岁月如卵石碧波
只有入水游泳
否则，享受不到人生的味道

心湖

我的心湖里
映着岁月的影
是楼影；是灯影
是月影；是花影
是垂钓者的影

我的心湖里
游着的鱼儿欢畅
立着的湖岛默然
智游的泳者奋力
绘着春夏秋冬的风景

我的心湖里
架着一座良知的桥

东头的桥座是爱
西头的桥座是义
桥面上满载的是情义

我的心湖里
也有沉沙与淤泥
任凭西风刮东风吹
那混浊的泥水
总不让搅扰湖的春绿

我的心湖里
湖水随风荡漾
波波的粼光荡去
湖面平静如幕布
天地就在这里合影

心花

这一夜的别
犹如春的花韵
我的心田里
开了千万朵的花

春要告别
夏秋冬会来
岁月的年轮
总碾在聚与别的路上

在油菜花盛开的季节
我们别在朝阳的光辉里
那红红的光色
照艳我们朵朵的心花

这心花啊——
仰望着苍天的宽广

根植于大地的胸怀
似油菜花怒放在塬上的田野里

这一夜的别
生出了春季灿烂的心花
希望之春的朵朵心花啊
永远开在希望的田野里

人啊，人

风有风的季节
花有花的色彩
山有山的姿势
水有水的形态
人啊，亲爱的人
不是他美你不美
而是各有其美

人性

谁？是谁？又是谁？
笑里藏刀地，举起
那紧握着条条暴筋的拳头
咬牙切齿地说：
“我要打得你——
满——地——找——牙。”

谁？是谁？又是谁？
笑嘻嘻地回答：
“没事，牙齿掉了舌头还在
还能说话。
更何况，镶口假牙
依然能唱出最美妙的歌声。”

谁？是谁？又是谁？
深切地深思：
那就是我们人类自己

人性如梦

黑的眼睛总能看穿黑的路
黑的眼神比阳光更懂人心

黑的影伸出树影似的手爪
笑声里都露出狰狞的白牙

拿走那行人的破衣烂衫吧
夜的风本是黑漆漆的阴云

梦醒时分泪水打湿难眠枕
人性如梦，人性如梦如梦

信任

天空把信任交给太阳
太阳就发出无限的光芒
照耀大地万物生长
还天空一个绚烂的世界

大地将信任交给万物
万物就呈现出四季的风景
春的绿夏的彩秋的果冬的雪
让大地的生命充满着丰盈

父母把信任交给孩子
孩子把信任萃取为成长的养分
身体长高的同时灵魂也放光

让父母活在颐养天年的幸福中

如果说信任受到伤害
那是信任的胸襟不像天空开阔
大海的涛声汹涌怒号
大海始终信任海风的温柔

信任如大山一样的真诚
面露真容任凭你的笑你的哭
信任是空气一样的无影
也该像空气一样无处不在

接受选择的一切

既已在高速路上行驶
那就向着目的地奔驰吧
不要再想掉头回家的路

既已行走在大路边上
就倾心欣赏沿途的风景吧
不要因低头玩手机而错过

既已登上了这座山头
那就像雄鹰样随风展翅吧
不要嫌弃这山头的贫瘠

既已沉浸于爱的海洋
那就尽情地畅怀游泳吧
不要再东张西望海边的风景

既已牵手走到了今天
那就满怀希望走向明天吧
不要再埋怨昨天的长长短短

既已身处在这个时代
那就奋力做时代的骄子吧
不要责怪时代的烈火炙热

既已选择了已经选择
那就接受选择的一切吧
不要悲叹感慨昂首前行吧

偶感

置身于音乐、人声和咖啡的
炖烩菜样热气腾腾的锅里
我听到时间的脚步，和着
这沸腾的浓香及嘈杂声流过
世事如电影的拷贝，幕幕
播放在心底的胶片上
如泰山一样的孤独
就像那猛烈的山风，吹着
爱情的花，事业的草
人生的路，岁月的沟壑
……
世界到处充满了繁华热闹
可是人啊
为何就活成了这锅里的鱼？

感恩生命

你的眼神里
为什么总充满忧郁

你的眼睛里
为什么总噙满泪水

你总悲苦着你的悲苦
你总诉说着你的诉说

为什么天上的阳光
似乎从不照射你

为什么地上的风
仿佛一个劲儿地只吹着你

别了，这悲观的人生态度
别了，这无趣的人生状况

你的所有的倾诉
就是你所叙写的人生故事

你的所有的悲苦
就是你品尝的生命滋味

不要说阳光无义
阳光是世上最大的公平

不要说风雨无情
其实真该是风雨无阻

你的眼神里
应是充满春光样的朝气

你的眼睛里
噙满的该是感恩生命的泪

请不要在大街上飙车

请不要在大街上飙车
飙的是风的刺激
飙的也是花季的生命
有可能如电击了自己
也可能
似洪水卷走同行的人
这大街多像人生的路
路上的风景曼妙
行在路上
不怕慢，就怕站
正像龟兔赛跑
最先跑到终点的是
一路奔向目标的坚持
请不要在大街上飙车
日子过成飙车的状态
喘息着自己
也痛苦着别人
请不要在大街上飙车

满世界都是摄像头

满世界都是摄像头
这个世界的风
这个世界的雨
这个世界的繁华与声音
都在这摄像头默默的眼神里

历史曾经是文字的记录
记录历史的人也成历史
历史不免有了记录者的主观
历史的真实可谓记录者的真实
历史就有了众说纷纭的考证

时代走进了满世界的摄像头
记录的历史有影有声的真实
街头的暴戾者的行径
让摄像头还原了真实面目
暴戾者的头才得到应有的弹孔

满世界的摄像头
勤奋地默默地坚守着岗位
它的世界里没有谎言和虚伪
一切都该是原始的真实
它已是网络世界的源头活水

过去说举头三尺有神明
这时代的摄像头啊
该是满世界的神明吧
敬畏我们这美好的时代吧
摄像头就是时代明亮的眼睛

满世界的摄像头啊
这个时代明亮的眼睛
你已改写观察记录历史的方式
你不只对过去的一切心知肚明
你的心里早已有了诗和远方

高速路

高速路
两边的无限风景
一阵田园
一阵现代
田园的绿茵传奇
现代的高楼霓虹

高速路
像一条飞舞的飘带
飘向无尽的远方和未来
天空说——
那是大地的血脉
我说——
路上面飞跑的车
就是大地血脉里
流淌着的热血

我的思绪
一直在穿越
如车的轮子
高速飞转
今是古的
扬弃和发展
这高速路两边的
那田园，那现代
就是大地的
肌肉和骨骼
它们和高速路
融在一起
让血脉里流淌的
不只是热血
还是——
几千年文化脉络
——的根

接站

接站口上的霓虹灯闪亮
照亮了接站者伸直的目光

出站的人海水汹涌般走来
他们的目光也在直直地寻找

他们终于拥抱、终于微笑
终于互相端详、终于落泪

一时的相见仿佛离别了千年
那份炽热的爱堪比霓虹灯闪亮!

人生不知有多少处的出站接站
每个人生的站口是否都该这样?

品茶

一

沏茶，品吧！
红茶？绿茶？
黑茶？花茶？
名气大的茶？
名气小的茶？
沏茶，品吧！

用紫砂壶沏？
用玻璃杯沏？
用陶瓷碗沏？
用兰花盅沏？
用考究的茶器沏？
用简易的茶杯沏？

在名贵的茶台前沏？
在旅行的草原上沏？

在秋风的吹拂里沏？
在夏日的阴凉处沏？
在暗夜的星光下沏？
在爱人的笑声中沏？

看那红茶的柔美？
看那绿茶的清秀？
看那黑茶的浓重？
闻各种茶的味香？
品各种茶的口感？
品茶是品生活滋味？

茶中的和风细雨啊！
茶中的片片雪花啊！
茶中的嫩草鲜花啊！
茶中的烈火金刚啊！
茶中尽是命运的玄机！
品茶即体验生命景象！

触动

一本书触动一根神经
一件事触动一根神经
一个人触动一根神经
一池水触动一根神经
一座山触动一根神经
一片云触动一根神经
一座村庄触动一根神经
一座城市触动一根神经
一段旅行触动一根神经
……
世间万物，总是
触动着人的根根神经

我们牵着手
用爱触动彼此神经
一颗心触动另一颗心
心心相印，触动神经
让根根神经成为琴弦
奏出华美高贵的人生乐章

品味

品一盘麻辣豆腐

麻辣是把闪光的匕首
从舌尖径直刺向心头
汗冒如泉涌
从心里淌出，如雨
打湿了颜面和布衣

我本享受不了麻辣
却偏偏品味了，这
又麻又辣的血色豆腐
头发水湿；我
已被这麻辣的匕首
刺出血汗，浇成落汤鸡

哈！哪里？——
不是麻手麻脚的痛苦
而是酣畅淋漓的通透

醉

那烈风狂舞雪花的热情
不是疯，不是痴，是醉
是春风迷恋绿芽的醉
是夏阳追吻绿叶的醉
是那醉迷花香的蜜蜂
是那热恋波涛的海鸥
你既已——
如了理想的灯塔
像了轮渡的航标
你就是那燃烧的火焰
熊熊激情如狂风的醉
你就在天空闪烁吧
别停，日日夜夜闪烁
让那醉的风的波
传递着我的心音——
只有醉！只有醉！
那烈风狂舞雪花的情醉

生活的意趣

我不知道
天空曾刮过多少的风
可我却知道
风日的味道

我不知道
天空曾飘过多少的云
可我却知道
云雨的味道

我不知道
曾经的你起过多少风云
可我却知道
现在的你的况味

现在的你
是曾经的你的影子

曾经的你
是现在的你的根须

知道和不知道之间
今天的风云不同于昨日
现在的你也不同于过去
这就是玩味生活的意趣

亲爱的理发师

一千次的声声呼唤——
一万次的思思想想——
用什么样华美的语言
也比不上脱口而出地
叫你一声又一声——
“亲爱的理发师”
来得那么亲切和动听！

你比不上明星的谱大名大
你比不上达官的位高权重
你也不比富人的钱多财丰
可明星、达官、富人的脑袋
不经你的巧手飞扬般的打理
他们蓬着的头怎么能妆扮精美？

你们满面笑容热情的接待
你们巧手剪理推烫的优雅

你们的精装配上那时尚发型
你们真的是帅气到骨子里
你们才是具有匠艺精神的人
你们理妆出的皆是贵气的头

——你们累吗?
天天就那样围着理发台站立着
——你们烦吗?
日日会有那么多非常难剃的头
——你们为啥?
把那些蓬头理妆得总是那么精美!

你们就是为了这个世界人人之美
你们忘却了累、烦和那么多委屈
你们的生就是为了人间的美而来
你们的所有劳作就是为了创造美
你们就是极其普通的劳动者的代表
你们真的都是灵魂充盈的美的天使!

不顾

不顾风
不顾雨
不顾这泥泞的路
不顾山
不顾沟
不顾这崎岖的道
我知道——
这风，这雨
这山，这沟
这路的泥泞
这道的崎岖
都是必经的过程

就像风吹云动一样
那么
就请原谅我吧
即使——
鞋沾满了泥
脚崴了腿拐
那不是我的无知
和调皮
那是我的心中
有梦

月亮

你为何不惧怕黑暗？

你为何在越是黑的夜
越是那么的清辉闪亮？

你为何总是缺了圆了？

你为何在缺的时候
缺得那么月牙优雅？

你为何在圆的时候
圆得那么圆满如玉？

你为何身上穿的衣服
美丽得就像一幅画？

你为何那么的自律？

总在规定的时间和空间
那么从容地如花般绽放！

你为何那么的无私？
总是日复一日地升落发光
却没见过你的疲惫和怨言

嘿，因为我是月亮！

我知道——
我的光来自太阳

没有太阳
我月亮就是镜中花水中影

太阳就是我的光芒
太阳就是我的根和动力

怕什么黑夜？
黑夜才是我生存的底色

说什么圆缺？
圆缺盈亏才是我成长的路

讲什么自律？
自律本来就该是生命存在的常态

谈什么无私？
无私本来就该是生命的本真

这些，是一切生命存在的常识
就好比有了吃食人才能活着

我的生命一刻也不能遗忘常识
因此，我的生命这样从容充实！

生命的孤独

和顾总有一次茶饮。聊的味道如茶。一别月余。无音无信。今日，收到了顾总邮寄来的，一整箱的书。折开包装，放在桌上，厚厚的一摞书。看看书名，就兴奋不已。想想：顾总博览群书，实是钦佩；再想想：顾总的事业探索，自叹弗如；既而看看，眼前的这摞书，感动之余，又想到：时下这浮躁的社会，还不只是眼前，真还是有诗和远方。

——是为记

你生命的孤独
如那桅杆上的旗帜飘扬
——那是生命的烈火
——那是梦想的太阳
——那是未来的火炬
——那是宇宙的畅想

你常常站在人生的高山顶上
你却从不像猫头鹰样东张西望
山头上的风撩起了你的裙
你却展开了健美的双臂
像雄鹰展翅一般
定格在了那蔚蓝的天空中

你笑谈着八辈子的春秋人生
你鄙视当下人的浮躁和利欲
你用常人难以想象的读书量
成全着自己人生的孤独——
孤独了自己生命的灵魂
也在孤独着别人的生命灵魂

你的生不是为了活着而来
就像那些可爱的绿草
为的只是绿了人间风景
孤独就是你精神灵魂的开始
生的时候就蓬勃地生
死的时候就自然地枯

书店

我不知道自己身在何处
仿佛
我被地球紧紧地包围
书排山倒海般睁着眼睛
字一排一排成了
呼呼刮着的风
我瘦弱的身
还有那苍白的心
禁不住地寒战
我踮起脚尖吻到爱
那爱却是深深的痛苦
和孤独

世界演绎着的故事
如空气无处不在

如网密布天地
世界的大网
网眼还算通透明澈

人啊
终究是网中的鱼
钻在自己织的网里
网眼流着心的泪
模糊着世界
我又身在何方呢？

读书

城市的夜的黑
掩埋不了街灯的影
时光的针嘀嗒嘀嗒
——圈圈复始着
如醇香的酒分秒亢奋醉人
台灯下的一片光
将我拽进了书的海洋裸泳

书，莫非是思想海洋里
翻腾着的一波波的浪滚？
这边，山高月明
那边，花开阳艳
这位，静默修女
那位，络腮胡男

或是群蜂的花舞
或是大雁的齐行
或是初恋的对视
或是亲吻大地的情深
即使是一抹青涩的泪流
那咸那淡那苦那袅袅青烟
也都是花季五彩的人生

读书吧，在书的海洋里裸泳
书的海水那么清柔宜人
似母亲谆谆教诲时的抚摸
那嘀嗒的时光里
唯有这灯光与书的陪伴
还有了这城市的夜影
灵魂的天空上
才闪烁着夜的月亮和星星

觉醒吧，生命！

觉醒吧，生命！
你绝不是虚无的所在
你是为着使命的繁华而来
你使命的风没有刮起
那是因为你还没有觉醒

觉醒吧，生命！
你本是纯净的天空
也是海洋般的丰富
你所有的重负
如地球承载了过多的造物

觉醒吧，生命！
你是一场为着使命的修行
就如小溪沿着河床不断奔流

蜿蜒曲折起伏不断的河床里
溪水清清亮亮
见底的是光洁的卵石

觉醒吧，生命！
你的使命是春日的生机
——勃发着无限的活力
你的活力，如阳光似火焰
燃烧着自己的激情
照亮了你的人生和世间万物！

放飞心灵

天空水洗过一样的湛蓝
它的生命无时无刻地——
俯视或说关照着人间万物
见风、见雨、见生息、见荣枯
可它，为何总是那样的平静?
偶尔，有云翻滚、雷声响起
请不要以为它是恼怒咆哮
它正是要用自己的圣洁
将大地的污浊清洗
以唤醒大地和万物的生机

太阳总是不知疲倦地运动
它的光芒不计报酬地——
播洒或说照耀着大地生命
有山、有川、有草地、有乱石
可它，为何总是那样的无忧?

有时，黑云遮蔽它的清光
请不要以为它会害怕退缩
它将云的花边照出金亮的光
更是，在日出日落的时候
将天空海洋燃成红胜火的霞光

天空之所以能那么平静
是因为它有比大海辽阔的胸襟
太阳之所以能那么无忧
是因为它有灿烂的心灵
人啊，你的心灵应比天空还宽广
比太阳还阳光，——那才对啊！
可你，为何总是活得那么纠结？
——计较着张三李四的闲言碎语
——算计着昨天今日的成败得失
难道，人就该活在人生无常的鸡汤里？

人的生本如天空太阳的存在
是万物中精灵生存的恒常状态
无常只是个体人生恒常中的山川

就如山谷的沟川成就了高山的巍峨
天空和太阳知道自己的使命所在
因此，它们的生命是那么专注恒常
人啊，还是放飞心灵吧——
放飞在历史长河里看人生的恒常
放飞在目标的专注中看人生的无常
人即如天空太阳一样永远宽广灿烂！

风之韵

有人说你是天使
有人说你是魔鬼

你温柔时凉意习习
柔润如沐
你勇猛时风卷残云
势如破竹

你清柔如烟
绝不是为了自己的小资
是要给人间以生机

你狂怒如吼
绝不是为了自己的私利
是要还天地以清丽

炎热时的人
对你盼着望着
你不光顾他们
他们竟然又是电风扇
又是空调的
轰轰隆隆，吹个不停

寒冷时的人
对你避着恨着
他们竟然用墨镜、口罩
风衣武装起自己
俨然外星人一样
拉开架势，要和你斗争

风啊，你更多时默默无语
清纯淡雅
风啊，你更多时不动声色
无私奉献

世界不能没有你
可你总遭非此即彼的
两个极端的争议
其实，你深深地懂得
眼睛看见的未必是真看见
心灵发现的看见才是看见

写几行小字

几许斜风
几许细雨
写几行小字
清丽也好
黯伤也好
都只是心情
无关风月

几多喧嚷
几多缭乱
写几行小字
清高也罢
逃离也罢

都只是自我
无关世界

几度风雨
几度春秋
写几行小字
清泪也好
浅笑也罢
都只是生活
无关成败

感觉

你的话语
声声慢
一等千年
只一句
就两个字

你的话语
飞瀑样
雾水飞溅
一瞬间
满地水湿

你就是你
语缓急
皆是心情
除此外
别人感觉

目光

你的目光——
咋就那么的纯净？
纯净到连丝清风不飘
涟漪都不泛起

你的目光——
为何如此的真诚？
真诚到如塬上的厚土
任凭莺飞草长

你的目光——
为何那么的深邃？
深邃到历史的隧道中
发出历史的强音

你的目光——
为何那么的暖人？
暖到时刻地熨帖人心
因你有一颗大爱的心

绝不

父母亲给我黑亮的眼睛
我绝不让尘埃遮目
我要用它发现真善美
让真善美永驻我的心田里

老师给我唤醒沉睡的大脑
我绝不让瞌睡虫侵扰
我要让它像动车一样奔跑
奔向那有诗的远方的旷野

单位给我实现理想的场所
我绝不让职业的钥匙锈蚀
我要用它开启人生价值的锁
让满世界飘舞着快乐的雪花

爱情给我生命纯粹的力量
我绝不撒开爱情的双手

我要用爱浇灌人生的世界
让我的人生时时处处充满幸福

新时代给我插上腾飞的翅膀
我绝不让风雨侵扰
我要像雄鹰一样飞向蓝天
摘下星星，种在我的花园里

我要给我的灵魂一遍遍洗澡
我绝不让灵魂沾染污浊
我和灵魂要“相看两不厌”
我人生的灵魂里“只有敬亭山”

为何

雨打疏窗
泪湿衣裳
为何这场春雨哟
步履如此的迟缓?

凉风轻寒
吹皱水潭
为何这四月的风哟
还是这样的清冷?

桃花红盛
杏花白霜
为何春阳盈眸秋水
闪在云后不见光芒?

柳枝飘绿
人打雨伞
为何那油亮的地上
比平日更多了欢颜?

重复

时间总是重复轮回
今天二十四小时，昨天二十四小时
今年春夏秋冬，明年春夏秋冬
太阳总是重复升落
早晨旭日东升，傍晚红日西落
阳光和月光在白昼之间轮回
人啊总是重复迈步
左一脚迈出，右一脚紧跟
左右脚之间从黑发到皓首

时间的重复轮回中
昨天的高楼封顶了
今天的大桥通行了
太阳的重复升落中
春风吹绿了草色花叶
秋风收获了金黄谷穗
人的重复行走中

时而乘坐高铁飞驰山川
时而乘坐飞机长空穿行

时间的重复
让万物的灵性尽情展现
太阳的重复
让白昼的万象生机勃发
人生的重复
让人生的况味味道浓厚
空气重复着空气的存在
让万物有了丰盈的生命
重复啊，你是生命存在的必然

重复是生存的困境
重复让多少生命丧失斗志
重复是一种伟大的力量
重复又让多少生命意气风发
重复是万物修为的常态
重复是不重复河流中的流水
是山川重复着山川
才让生命万物有了载体
重复是生命景象千姿百态的百花园

写首诗吧！

写首诗吧！
将闭着的眼睛睁开
睁开眼是诗意的世界
闭上眼是满世界的诗

这该是个充满诗意的世界
有诗意的世界才有远方
这个世界不能没有诗
无诗的世界太过贫瘠荒凉

诗是世界美丽的眼睛
诗是心灵敞亮的窗户
诗是喧嚣中的一片绿地
诗是内心中火一样的爱

诗从来不揣度人心

诗生来就追求境界
诗的味道醇香如酒
诗的意趣醉了人生

写首诗吧!
不要吝惜手中的笔墨
不要为世俗生锈了诗心
心中有诗的生命繁花似锦!

绿的畅想

我说不清楚
我何时就爱上你!

是儿时草地上柔软的摔跤?
是少时草丛中香美的午睡?
是绿茵场上的汗洒如雨?
还是草原上的跃马驰骋?

你是绿，绿草，绿树，绿叶
绿的港湾，绿的军营
绿的山川，绿的温情

你是绿! 你是绿!
映衬红花的绿，沁人心脾的绿
装扮江山的绿，温馨和平的绿
你绿得娇嫩，绿得温柔

绿得春风醉人，绿得夏日流翠

你绿在初恋情人的眼泪里
你绿在父母期盼的目光里
你绿在满含希望的田野上
你绿在鸟语花香的岁月里

我不知道，我何时爱上你
我只知道，你住在我的心窝里

你是我的目光所及
你在我的呼吸之间
我的双耳闻着你的魂乐
我的歌喉和着你的心曲

你是绿；你从容；你自在
你洋洋洒洒；你庄重飘逸
你小家碧玉；你大家闺秀

你就是你，你就是绿!
我深深地爱上了你!
你就是我心中的绿
绿的天空，绿的大地
绿的气象，绿的生命!

你是朝霞

你是朝霞！
你不畏暗夜的黑
从那山头跃升
从那海面腾起
把我从睡梦中醒觉

你是朝霞！
你汲取太阳的光
散射掉不实浮云
缠绵着深爱的云
你的情惊艳了我的心

你是朝霞！
你灿烂着，喷薄着
如热情的光，似燃烧的火

映红了辽阔的大海
震撼了大地上的我

你是朝霞!
你的魅力打动着我的心
就像你映照着的海面
红霞满满波光粼粼
朝霞啊，你永驻我心!

记忆的味道

诗三首

初心

此刻春风拂面
含黛的大山啊
映入眼帘
那连绵起伏的顶端
留下了谁的声声慢

麦苗也睁开了眼
暖风唤醒了海阔良田
扫清了浊世尘烟
风铃响着清脆的歌
回荡在整个屋檐

孩子们换上了单衣
蝴蝶一样扇动着翅膀

伴随着母亲的声声呼唤
哪怕满头大汗
也如春花怒放

你是否也保持着一颗初心
不减当年
笑对人间冷暖
走在岁月的边上
无怨无悔

梦

梦是风吹起的尘土
落下就是一地荒芜
如果你回来了
谁将是你的归宿

只为看你一眼

望断天边的流云
白云也在期盼
她翻过万水千山
只为看你一眼

看你一眼
沸腾了她的春天
你是否
感受到她的热烈
灼红了花颜

那是向晚的云朵
如雪素洁的心事
泛起胭脂的红
别无所求
只为看你一眼

肆

致爱人

赤脚走在海边
任由海浪的拍打
湿了衣衫
也湿了思念

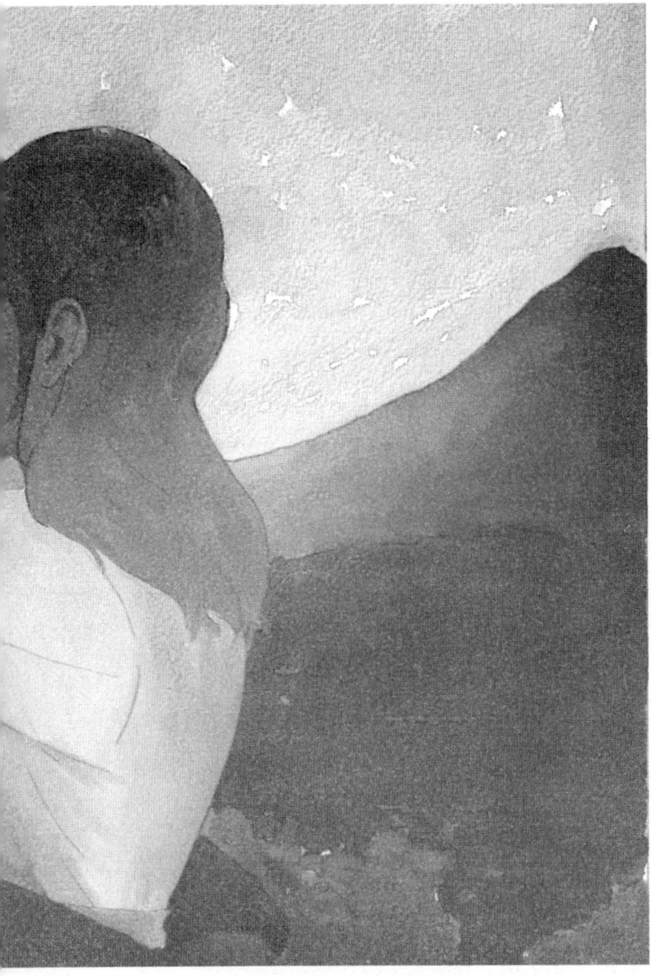

心随浪翻
影随阳长
不变的是海的浪花
升华的是心灵神魂

——《赤脚走在海边——写给你》

致爱人

不说那月光星空下的牵手
不说那柴米油盐里的奔走
也不说那灯光下并肩的影
就你那回眸一笑
我就乐得想去天上摘星星

爱人啊！我的爱人！
前世今生，花前月下
我们就是那唱歌的蜜蜂
酿造了甜蜜，感受到幸福
而你就是主宰命运的神

爱人啊！我的爱人！
我要感谢你牡丹样的荣贵
我要赞美你红梅样的傲骨

我要你清明的神魂把我唤醒
我要爱你的所有如爱生命

我的爱人啊！爱人！
请你敞开胸怀拥抱我吧
一如春风拂面大地的色彩
在你的温柔乡的灯光下
我们写出最美最美的诗作

妈妈

妈妈是天
我日日仰望着她
可我数不清她夜空
的星光
我却知道
她的胸怀是蓝天
她是无私发光的太阳

妈妈是地
我天天抚摸着她
可我数不完她心田
的生命
我却知道

她的格局是大地
她的山川滋养着无限生机

妈妈是佛
我心中时时注视着她
可我无法说清她安详
的面容
我只知道
她的目光是那么慈祥
她的爱是那么的深邃

妈妈就是妈妈
我千万次地呼唤着她
可我无法用我的语言
表达爱她
我只知道
我习惯地叫声“妈妈”
这是世上最温情的冬天

我愿你笑容灿烂

你的笑脸，爬墙藤的颜色
夏的绿，秋的红
装饰了满园的季节
情满如你的目光
你的容颜就是我心房的装饰
可我怕，怕你的笑脸
变成碉堡一样的死灰
如是，我的心荒凉如沙漠
请相信——
爱你的人手中的枪
牵着你的手
他的子弹只会射向你的希望
恨你的人向你开枪
你的碉堡又能怎样?
请你放声大笑吧
用你美丽的容颜

装点着自己，温暖着世界
充盈着我爱你的心房
如若敌人的子弹，向你射来
我愿你还是笑容灿烂吧
因为
我的躯体足以挡住那枪口
而且
我的手中也有护卫你的枪

仿佛你就在我的眼前

你已离开尘世千年万年
你的书却将你流传
书中的字是蝌蚪的眼睛
书中的句段篇如雨后彩虹
闪烁着七彩思想的光芒
捧着飘着墨香的你的名字
仿佛你就在我的眼前
你窗前的灯光
是蜡烛？是麻油灯？
还是那冒着气味的煤油灯？
可我总觉得，那光
比现在的霓虹灯光
更要聚光更是明亮

我爱你

我爱你
只有给予
给予你鲜艳的玫瑰
给予你思想的星斗
给予你灵魂的火焰
给予你阳光连着月光的爱

当然，如果
怕你受到虎狼袭击
我毫不犹豫
还会给你一个铁笼子
笼子比房子还大
绝不能限制你自由的呼吸

向你

我是风的雨，追逐着
风的云彩，向你！向你！
向你！是轻柔树冠的浓发
清香流过
向你！是四季沐歌的流云
风轻云丽
向你！是拥抱雨滴的亲吻
甜蜜的沉没
向你！就是那夜雨的梧桐
闪亮的欢喜
我是雨，风的雨
你是风，雨的风
风雨兼程中我们高山流水
花前月下的花丛中
闪亮翅翼的雨蝴蝶
如醉如痴，如痴如醉
向你！向你！

你比深秋的花美艳

在你的楼下
看到了深秋的花

花的绿叶似乎霜染的萎靡
可这深秋的花
红得娇艳欲滴样，让人疼
粉得嫩肤清水样，让人痛
我的风衣被深秋的风吹起
往来的人立着领成了缩头乌龟
可这深秋的花
只是频频点着那傲然的头
越发婀娜多姿
俨然深不可测的新娘
这新郎一样巍立着的高楼

也只能投来爱慕深情的目光
深秋的花啊
你让人疼让人痛让人怜
可你却深谙——
不经历风寒的浸透
哪能有美艳的风骨？

在你的楼下
看到了深秋的花
你比这深秋的花
还要有骨感还要美艳

思念的状态

我不知道
今夜的月亮为何如此皎洁
我只知道
那月光的花园里有你的影

我不知道
今天为什么会下着柔润细雨
我只知道
这雨淋湿的那朵红伞下有你

我不知道
今日的信息为何多得烦乱
我只知道
你的信息让我的眼睛发亮

我不知道
今天的我为何如井口样孤独
我只知道
孤独的我心里住着笑着的你

见到你

柔润的清风丝丝轻抚，是你
心湖荡起的波光涟漪，如你
好一首轻柔的春雨之歌，醉人
来碗酒吧，酒成了长情的告白
酒不醉人人自醉
说什么都是多余
笑声如铜铃声般清纯
小溪流水的眼波，如是——
夏日的花？秋日的果？
晚天的霞？晨光的露？
都是！都是！
哪里都是！
那是见到你，人间的
最美丽最纯情的感动！

爱

想起你
我的心跳成了
跑动的兔子
奔跑着呼唤
我爱你

见了你
我的心跳成了
沸腾的水花
如浪的热气升腾
我爱你

离别你
我的心跳成了

沉重的铅球
咚咚的心跳回响
我爱你

我爱你
就是那心的爱
因为爱着你
心变得无边无际
如阔野

见不到你的影

在夜的光影里
我的灵魂，飞向了
星星的天空
俯瞰大地上
的灯
是河，是海，是水流
比起天上的星
太多！太亮！
可是，为何？
如此光亮的人间
城市的影
遍布山水之间
似一团火一团火的
却，总也
见不到你的影？

赤脚走在海边——写给你

赤脚走在海边
任由海浪的拍打
湿了衣衫
也湿了思念
心随浪翻
影随阳长
不变的是海的浪花
升华的是心灵神魂

额角上有一丝白发

你的额角上
生了一丝的白发
一头的飘逸的青丝
比不过
这丝白发的耀眼
镜子里的你
脸上泛着红晕
目光陷入了深思
这丝白发，来得正好
无须紧张，无须惶恐
因为——
它见证了岁月的滋养
在你青丝飘飘
写下自身成长的诗里
它作为诗眼
道出了——
你沉淀的人生智慧
还有前行的力

我们相识是缘

我们相识是缘
一番就已山高水长
你已从春的颜色
成长为秋的季节
咯咯的笑声
挤出了小溪样的皱褶

谁的日子不是很短？
短到眨眼之间
谁的日子不是很长？
长到天地之间
生命其实就在这长短之间

你挥挥手奔跑着，来了
笑声挤出了泪水

你挥挥手蹒跚着，去了
泪水里的味道又咸又涩
生命其实就在这来去之间

生命里没有其实和其虚
生命就是黄河奔流的状态
河床的高低深浅宽窄都无谓

生命的水自然会平静与浪飞
带着我最终奔向大海怀里

世界的精彩每时每刻如浪花
人人都是时代大河中的卵石
睁着眼前行闭着眼睡觉
生命的状态自自然然最好
我和生命相识，自然是缘

你的影

你的影
是彩蝶阳光下的
闪翅
那么薄明
那么清亮

你的影
是蜜蜂采蜜时的
深情
那么专注
那么清纯

你的影
似牡丹花的
娇艳与雍容

你的影
像云片松的

疏朗与高洁

你的风影
如美妙舞者的
轻柔与活泼

你的雨影
如夏日大树的
硬朗与柔润

你的影
不是阳光下的
影长影短
你的影
也不是月色下的
朦胧冷清

你的影
是爱人心目中的
闪闪亮亮
时时美丽
处处动人

甜蜜

捧一束鲜红的玫瑰
单腿跪地，呈你
你为何流出微笑的泪？
因为——
你懂得甜蜜

写一纸深刻的批语
装进信封，寄你
你何以流出欣慰的泪？
因为——
你懂得甜蜜

山花漫山遍野地开放
万里冰封雪飘的冬日
那都是大地的甜蜜
人啊——
活着的味道就是甜蜜

父亲的手

（一）

我不是画家
画不出《蒙娜丽莎》的微笑

我不是摄影家
拍不出《我要上学》的大眼睛

我不是歌唱家
唱不出《父亲》那浑厚的歌谣

可，我是父亲的儿子
我深深地知道——
父亲的手
比这些伟大的艺术作品
还要美妙！

（二）

父亲抚摸我的头时
我两只惊讶的小眼睛
瞪得很大，很大
父亲的手啊，为什么
那么的粗粝厚大
长满了冰凌一样的硬茧
还有那——
张着的如山岩缝一样的裂口！

那日的风轻柔婆娑
我握着父亲的手走在阳光下
父亲的手掌柔润如轻风
手背上的皮肤光滑如丝绸
城市的繁华写在父亲的笑容里
瞬间，我的心在呼唤——
父亲的手啊
就是他一生勤奋劳动的生命画卷！

（三）

我看见过父亲的手开疆拓土
将茫茫荒原修成齐整的粮田

我看见过父亲的手向着野丛林挥刀
将带刺的灌木垒成垛垛的柴堆

我看见过父亲的手在悬崖上刨土
将刨回的荆条飞舞着编织成箩筐

我看见过父亲的手指上下飞舞
算盘的珠子像乐符奏出美妙的乐章

我看见过父亲的手握着粗壮的毛笔
将乡亲们的对联一副副书写成作品

父亲的手啊，为家乡的山河织过彩
父亲的手啊，为父老乡亲们挖过窑

父亲的手啊，为乡村的发展理过财
父亲的手啊，为孩子们的成长铺着路

父亲的手啊，在城市的工厂里记过账
父亲的手啊，在那炉台的灶边做过饭

……

父亲的手啊！
何止是其一生勤劳的朴素画卷？
那简直就是其心灵至美的一尊雕塑！

（四）

父亲是我心中永存的一座大山
父亲的双手就是这大山的根石
父亲用他的坚实灵巧的双手
写就了勤劳善良至美的一生
我在父亲身边的时候
父亲的手就成了我生命的熔炉
我远离父亲奔走他乡的时候
父亲的手就是我精神的图腾！

心里的你

风吹起你的长发
我的心里
满世界都是潇洒的飘逸

雨打湿你的衣裳
我的心里
满世界落叶样的伤心惆怅

鸟儿惊喜你的笑脸
我的心里
满世界遍洒着阳光的明媚

昼夜里你行走的身影
我的心里
就是照亮世界的太阳月亮

你和我

你和我，是两座山
静默相对，含情脉脉
你看着我，我看着你
共同起伏，没有高低
我们厚重如山根的岩石
我们牵手情洒沟底流水
为着那风和日丽的日子
风吹着我的草衣，你笑
风拂着你的绿衣，我笑
雨，轻吻着我们的身体
我们展开双臂，热烈拥抱
流着那激情牵手的泪
我们同望天空的太阳
从来都是灿烂如阳光
我们生来就是两座山体

厚土是我们的血肉
旺盛盘根是我们的血脉
无数生命繁荣着我们的意义
我们也期盼那黑的夜
夜的醉里，我们一起数着
晶莹透亮的月亮
浩瀚如海的星星

你总在心里

你在时
总觉得你在
心里踏实

你不在时
总也在找你
心里虚空

在时有你
不在时有你
你总在心里

做个有情的人
——写在七夕

银河里的天上水哟
依然静静地流淌
鹊桥弯月一样的弧形
倒映在银河上
照出了那些圆圆的影
牛郎织女如期飘然相会
他们真情拥抱没有眼泪
——不再落泪
今年的七夕哟
——天不下雨
——阳光明媚

阳光灿烂的七夕哟

这是牛郎织女甜美的笑容!
年年能如期相会在鹊桥
心底涌动着的是——
深深感谢喜鹊良苦的用心
是的，是的——
因为这鹊桥的存在
让相思的难言的泪
变成相拥的甜蜜的笑
让千年的伟大的爱情故事
传颂着演绎成时代的声音

为什么要流泪呢?
时代曾经狭隘过虚幻过迷乱过
人们曾在迷离中迷失过自己

迷失在情人的石榴裙下
迷失在灯红酒绿的闹市中
终于，时代让人们觉醒了
七夕鹊桥上牛郎织女的相会
那是有真情义的人的相聚！
真正的七夕情人节哟
应该有的是有真情的人的狂欢
而不是仅做一对情人的苟且

见你

见你，就见了
——春天的花
——夏日的苗
——秋天的果
——冬天的雪

见你，就如——
沐浴着润物春雨
乘凉于树荫夏风
收割了金黄稻穗
奔走在山涧阔野

见你，才知
你的笑，浅浅的
如小溪流水的清影

你的话，真诚的
如高山耸立的厚实

见你，见你
绝无夏日炎热的躁动
绝无青春年少的幼稚
只是你那蓝天样的高阔
让人只能仰望却无法企及